Marokko og jordskælv set gennem mine briller

Et andet Marokko end rejsebureauernes

Poul Otto Jørgensen

Marokko og jordskælv set gennem mine briller

Et andet Marokko end rejsebureauernes

Poul Otto Jørgensen:

Skrinets hemmelighed 2022

Det gamle kort 2023

Kirkebugtens dyb 2023

Stjernestøv i blodet 2023

Fatima og Peter 2023

Simple meninger og vers på kryds og tværs 2024

Marokko og jordskælv set gennem mine briller 2024

Varmebænk og tagterrasse 2024

Forlag: BoD · Books on Demand GmbH, In de Tarpen 42,

22848 Norderstedt, Tyskland

Tryk: Libri Plureos GmbH, Friedensallee 273, 22763 Hamborg, Tyskland

ISBN: 978-87-4305-995-0

Indhold

Forord

Jeg opholder mig, som allerede beskrevet, en del i Marokko, hvor jeg er gift med berberkvinden Jamila. Vi bor i et bjergområde i landsbyen Hay Assersif, der ligger nær en større by Aourir beliggende cirka 20 km fra Agadir.

Når jeg er i Marokko, snakker jeg ofte med befolkningen om Marokko og de forskellige områder med hvert deres særpræg. Mens jeg drikker min te med nana (mynte på arabisk), får jeg mange ting at vide lige fra geografien, befolkningens sammensætning, erhvervene, de offentlige systemer og familiære forhold med meget mere. Angående de familiære forhold skal man gå med listesko, for i det berberområde, hvor jeg befinder mig, har jeg erfaret, at mange er i familie med hinanden. "Jamen jeg kender godt din kone, for min mor er kusine til hende!" fik jeg en gang at vide, og det blev ikke sidste gang. Somme tider når vi går i Aourir, og min kone hilser på en eller anden, jeg måske kender i forvejen, siger jeg: "Hvor kender du hende fra!" Jamen det er da min tante!" siger Jamila. Familien er som brødre og søstre, de kan godt finde på at sige dårlige ting om hinanden; men hvis jeg blander mig får jeg på "hattepulden."

Selvom alle dem, jeg har snakket med og snakker med om Marokko, sikkert ikke tænker på, hvor mange og store oplysninger de har givet mig, vil jeg gerne bringe dem min store tak, for uden deres hjælp havde det ikke været muligt at skrive denne bog.

Jeg vil specielt takke min lille berberhustru Jamila. Efterfølgende tak skal være til mine venner nævnt i vilkårlig rækkefølge: Soufiane,

Hassan, min svoger Mohamed, Ahmed og Aaziz. Jeg har med vilje ikke nævn deres efternavne, da jeg ved, de ikke vil bryde sig om det.

Desuden har min afdøde bror Henning Jørgensens beretninger været en uvurderlig hjælp. Han fortalte ofte om det Marokko, han rejste tyndt på kryds og tværs, dengang han arbejdede i Marokko, hvor han tilmed havde mangfoldige bekendtskaber fra høj til lav.

Jeg har de fleste steder i bogen primært citeret min hustru Jamila, venner eller bror; hvor jeg har manglet årstal eller oplysninger om forhold etc. har jeg brugt Wikipédia Maroc, Wikipédia Histoire du Sahara Occidental og Wikipédia History of Western Sahara. Jeg har efterfølgende for god ordens skyld tjekket alle oplysningerne med mine sagkyndige venner. Desuden læser jeg ofte Morocco World News, som smitter af på mig.

Jeg vil også godt gøre opmærksom på, at det ikke er FN som organisation, jeg brokker mig over i bogen; for intentionerne ved FN's skabelse var noble og ædle til menneskehedens ve og vel.

Men der må findes noget, der er bedre end vetoretten, der hæmmer mange initiativer og hæmmer meget arbejde. Jeg har aldrig betragtet vetoretten som demokratisk. Den tunge administration kunne med fordel gøres meget lettere, praktisk og mere jordnær. Det ville også være skønt, hvis den bedrevidende storebror lod sine små søskende komme mere til orde. Som den gamle hippie sagde til mig: ”FN er som en blæksprutte med for mange arme og for meget blæk!”

Men tilbage til Marokko!

Jeg kørte gennem Anti-Atlas bjergene og besøgte Ouarzazate, Zagora og Saharaørkenen, det er den, vi kalder for Sahara (sahara betyder egentlig bare ørken på arabisk) i januar 2013. Jamila og jeg gentog ekspeditionen et par år senere, som beskrevet i min bog 'Det gamle kort;' hvor vi var heldige at finde den skat, som det gamle, gule, falmede kort viste os vejen til.

Vi har også kørt med bus til Marrakech og videre med både bus og tog op gennem Marokko til Casablanca og Rabat og været i den gamle, tidligere portugisiske by Essaouira flere gange.

Desuden har jeg efterhånden fået et stort kendskab til Agadir og de omkringliggende byer.

Jeg må hellere, inden jeg starter fortælle, at de stavemåder, jeg anvender, er de stavemåder, der anvendes i Marokko i navne etc. Et eksempel: I Danmark skriver man Muhammed, i Marokko skriver man Mohamed. Det ville jo ikke være så rart, hvis alt for mange skrivekyndige kom efter mig.

Indledning

Jeg er i Sverige i øjeblikket (2023)og agter at returnere til Marokko midt i august. Jeg har netop åbnet Mondley appen for at holde mine sprogfærdigheder vedlige. Jeg læser hver dag lidt fransk og lidt klassisk arabisk og repeterer også lidt spansk.

Men vi skal begynde et sted, så lad os begynde med præsentationen af det Marokko kort, jeg har "strikket sammen," uden angivelse af alt for mange byer, så det er til at holde styr på, hvor vi er i Marokko. Det er praktisk at vide, hvor tingene befinder sig uden for meget til at forvirre.

Dernæst kigger vi på Marokkos historie og sprog med de facts og årstal, der er nødvendige. Vi skal også kigge på Marokkos befolkning. Det hele bliver krydret med mine egne erfaringer og oplevelser

Her er så Marokko kortet!

Kort over Marokko

Marokkos historie og sprog

Som jeg allerede har givet udtryk for, har jeg under mine ophold i Marokko suget til mig af herlighederne lige fra 2012, hvor jeg kom til landet for første gang.

På min allerførste ekspedition i Anti-Atlas bjergene, Ouarzazate, Zagora og Sahara ørkenen, opdagede jeg, hvor forskelligt et land Marokko er. Det er forskelligt både landskabsmæssigt, befolkningsmæssigt og kulturelt.

Jeg kommer ihu fra min skolegang, at området oppe i nord ved Middelhavet er et gammelt højkulturelt område, der havde både Fønikien og Karthago som handelspartnere. Senere kom området under romersk herredømme, som så mange andre lande i datidens verden.

Jeg har tillige erfaret, at meget menneskelig adfærd i Marokko er forskellig fra flere af de arabiske landes, og jeg tilskriver det, det fænomen at Marokko aldrig blev besat af osmannerne, som de fleste af de andre lande langs Middelhavets kyst blev det. Hvorfor Marokko gik fri, ved jeg ikke. Men et gæt kunne være Atlas og Anti-Atlas bjergene med de oprindelige "vilde" beboere. Romerne kaldte dem barbarerne, som de kaldte alle fremmede mennesker, de ikke kendte. Ordet barbar er gennem tiden blevet til berber.

Kort fortalt, selvom Frankrig var på erobringstogt i 1800 tallet i Nordafrika, blev Marokko ikke erobret, sandsynligvis for ikke at træde

Spanien over tæerne, da Spanien havde interesser i området. Men i 1912 skete der noget alligevel. Det nordlige Marokko blev spansk protektorat og udgør i dag områderne Ceuta og Melilla; Ceuta ligger ved Gibraltarstrædet, og Melilla ligger på østkysten i Marokko ved Middelhavet. Resten af Marokko blev fransk protektorat, med undtagelse af Vest-Sahara der kom under spansk herredømme under navnet Rio de Oro eller Spansk -Sahara.

Franskmændene var effektive, der skulle bygges nye veje, og infrastrukturen skulle maksimeres, så de kunne få mest muligt ud af kolonien. Befolkningen blev udskrevet til tvangsarbejde; ja selv ”vores bedstemor,” der var en ung effektiv kvinde dengang, kom på arbejde, hun blev grundet hendes gode organisatoriske sans og bestemthed udnævnt til vejformand.

Befolkningen i datidens Marokko gjorde opstand, som besættelsesmagterne forsøgte at nedkæmpe. I 1934 var opstatanden nedkæmpet, troede man. Men ingen brand uden gløder, det ulmede stadig, så da en nydannet modstands organisation blev en realitet, blev en velfungerende modstandskamp sat i gang.

Da sultanen i det marrokanske område støttede oprørerene og støttede et frit Marokko, blev han sendt i eksil af franskmændene.

Efterhånden som Frankrig tabte deres besiddelser i Nordafrika, kom turen også til Marokko, så i 1957 blev Marokko omdannet til et monarki med selvsamme sultan som konge under navnet Mohamed V.

Der blev, som man næsten kan regne ud, hurtigt et modsætningsforhold mellem modstandsorganisationen – den nationale organisation og kongen; men på forstandig vis lykkedes det kongen at holde skansen, som ved sin død i 1961 blev afløst af sønnen Hassan II.

Der er sagt meget om denne konge. På sin vis var han en hård mand. Han opløste parlamentet i 1963, selvfølgelig med politiske uroligheder til følge. Det var først i 1970, at politiske partier blev tilladt igen. Tro mig eller ej, flere partier strejkede, og man prøvede at kuppe Hassan II både i både 1971 of i 1972.

Min bror, der kendte til kong Hassan II, har flere gange fortalt, hvilken dygtig konge han var og beunderde ham for den måde, han styrede Marokko på, selvom det var den hårde metode. Min bror sagde: "Han var som kong Salomon fra det gamle testamente!" Kongen blev endvidere beundret for alle de sprog, han talte, mange af dem talte han flydende.

Da jøderne i Essaouira, valfartede til det nye Israel og mange fortrød, sendte de en deputation til Hassan II og spurgte forsigtigt om muligheden for at komme tilbage. Hassan II svarede, at da de ikke havde lavet noget galt, var de velkomne, så den dag i dag udgør jøderne og deres levevis en stor del af bybilledet i Essaouira.

Kong Hassan II og Marokko gjorde i 1975 krav på det spansk besatte område Spansk-Sahara eller Vest-Sahara.

Området er beliggende langt mod syd i Marokko ud til Atlanterhavet. Marokko udtrykte, at på grund af Vest-Saharas historiske tilhørsforhold til Marokko, burde det være marokkansk. Se kortet side 11.

Det endte med at Marokko besatte en stor del af området; jeg har skrevet meget mere om dette i kapitlet om Vest-Sahara.

Hele miseren med spanierne medførte, at forholdet mellem Spanien og Marokko blev/var dårligt.

Følgende lille fortælling vidner om , hvor svært det var at være forhadt spanier i Marokko i disse år. Jeg skal tilføje, inden vi begynder på historien, at jeg har fået strenge instrukser fra den pågældende familie om ikke at bruge de rigtige navne, så de navne, jeg anvender i historien, er opdigtede.

Her kommer historien: Da den unge spanske sømand Juan XXX mødte berberpigen Naïma YYY i Tangier, hvor hun ville prøve lykken, opstod der sød musik, og de blev forelskede. Da de ville giftes, var det ikke muligt for en marokkansk kvinde at ægte en spansk mand. Men det ellers så strenge bureaukrati og system i Marokko var alligevel bøjeligt og medmenneskeligt, så løsningen blev, at Juan XXX konverterede sit navn til Mohamed ZZZ og blev marokkaner. Nu kunne de to forelskede unge mennesker endelig blive gift.

Det sjove var bare, at når Mohameds/Juans rederi skrev eller telegraferede til ham, når han var hjemme hos Naïma og børnene fra søen, stod der hans oprindelige navn på brevene og i telegrammerne. Det samme var tilfældet med hans spanske familie, de brugte også hans oprindelige navn, når de skrev til ham. Men det marokkanske postvæsen var/er vant til lidt af hvert, så det gik ganske udmærket. Da Juan døde og Naïma fik sendt pensionen fra rederiet hver måned, var det også hans oprindelige navn, der stod på udbetalingerne.

Da kong Hassan II døde i 1999, blev hans søn konge med navnet Mohamed VI.

Der er også sagt og skrevet meget om denne konge, som i mine øjne er en fantastisk konge, der forstår Marokkos blandede befolkning og dets behov, også selvom han er af arabisk herkomst. Han uddelegerer gradvist magten i takt med den menneskelige udvikling. Han får sendt alle i skole og arbejder på at forbedre alle forhold generelt. Men det tager tid at ændre holdninger og forståelser.

Prøv at kigge på de øvrige stater langs den Nordafrikanske kyst mod Middelhavet, der hu hej vilde dyr skulle indføre demokrati! Demokratiets pris kan være for dyr!

Det er derfor mit store håb, at kong Mohamed VI får mulighed for fortsat at styre landet på sin forstandige, behagelige og fornuftige måde. Han har forstået at danne bro mellem arabere, berbere og de øvrige minoriteter.

Jeg har efter lidt overvejelser valgt at kommentere den kæmpe berberdemostration, der fandt sted i Rabat den 1. maj 2023, hvor berbere gjorde opmærksom på deres manglende rettigheder og manglende anerkendelse af deres sprog og endvidere gav udtryk for deres store frusrtraktion over manglende indflydelse i statsmagten.

Selvom demostrationen var imod forfatningen blev den ikke stoppet! Hvorfor? Jeg har svaret: Kong Mohamed VI sidder ved roret og agerer på sin forstandige måde, heldigvis for det! Jeg ved godt at jeg ikke bliver populær i visse kredse i mit Marokko med den udtalelse, men ret skal være ret! Som jeg har udtrykt det før, kan bernerne ikke finde nogen anden, der arbejder så godt for deres sag som kong Mohamed VI. Det gav sig også udtryk ved hans tale den 30. juni 2023, hvor han kommenterede berbernes krav og udtrykte, at der vil blive stiftet et institut for berbisk kultur; kongen udtrykte endvidere at den berbiske kultur og berberne er et nationalklenodie.

Jeg er overhovedet ikke i tvivl om kongens reelle hensigter og dybe forståelse for berberne, og jeg er helt sikker på, at den dag hvor bernerne får deres fulde oprejsning ikke er fjern!

Men som jeg har udtrykt det tidligere, tager det tid, hvis man vil omdanne et samfund på en ordentlig og god måde. Historien viser at, det jeg kalder "revolverdrmokratier," ikke er til den menige befolknings ve og vel.

Jeg er udmærket klar over, at berberbevægelsen har vokset sig stor; men jeg håber inderligt, at de ledere den har ikke "går over gevind" og udfører utilsigtede og uoprettelige handlinger; men at de har hele Marokkos befolkning uanset deres herkomst i deres hjerter!

Så når jeg sommetider møder rebelske personer på min vej, der kritiserer kongemagten, forklarer jeg dem stille og roligt, hvor kaotisk deres liv ville have været uden kong Mohamed VI ved roret. Mærkelig nok er der ingen, der endnu har hidset sig op over mine udtalelser, tværtimod har de medført mange, lange og saglige diskussioner.

Mange af dem, jeg diskuterer med, tror at demokrati og velfærdsstat er det samme. Det kan derfor være svært at forklare, at man godt kan leve i et demokrati uden at have et velfærdssamfund. Når jeg for eksempel forklarer, hvordan det danske velfærdssamfund er smuldret gennem de sidste år og fortæller om benamputationer, der aldrig skulle have fundet sted og om canceroperationer, der aldrig blev sat i værk, tror de mig ikke. Men det nå jeg leve med.

Berberne lærer i dag deres modersmål tamazight, både i skrift og tale foruden darija, som tales dagligt af araberne i Marokko. Darija bliver normalt fejlagtigt kaldt for arabisk. "Rigtig arabisk," klassisk arabisk er også en del af undervisningen i skolen.

Mens vi er ved sprogene er der tre berbersprog, tamazigt sprog i Marokko. Der er riefernes tamazigt i nord, der er berbernes tamazigt i midten af Marokko og berbernes tamazigt i syd. Jævnfør min berberkone Jamila er der forskel på de tre berbersprog, hun mener, at det må være som forskellen på svensk og dansk.

Men hvordan er skrifttegnene? Det er bogstaver, som hedder tifinagh, og de er heldigvis rimelig ens for alle tre berbersprog og skrives som vore latinske bogstaver fra venstre mod højre. De ligner en forunderlig sammenblanding af alle de bogstaver, vi kender fra hele Europa. Jeg sporer umiddelbart ligheder mellem græske bogstaver og tifinagh. Jeg har forsket lidt i deres oprindelse og konstaterer, at nogle mener, at det gamle fønitiske alfabet kunne være ophavet.

Darija bliver, som lige skrevet, kaldt for arabisk af mange i Marokko og tilmed af flere rejseselskaber til trods for, at det er uforståeligt for mange arabisktalende mennesker. Jeg kan bedst beskrive det med følgende ord udtalt at en iraker, der har en friridsbolig i Agadir. Han siger: "Åh det forfærdelige sprog!" Og jeg forstår ham! For darija er et blandingssprog, som består af arabisk, de tre berbersprog, fransk og et drys af spansk! Når ordene bøjes, bøjes de tilmed efter deres oprindelse. Darija skrives med arabiske skrifttegn fra højre mod venstre.

En dag da jeg sad og snakkede med min ven tømmerhandleren og filosoffen Soufiane, der lige har taget en juridisk embedseksamen, som han ikke rigtig kan komme i gang med at bruge, ankom der et helt læs med svensk træ på en mega stor lastvogn. Der var chaufføren og to hjælpere med lastvognen, som alle var arabere; men det rakte ikke, så soufiane fik hurtigt fat i to hjælpere mere, der var berbere, jeg skulle som chibané (gammel mand) ikke deltage. Aflæsningen gik som smurt, så der blev efterfølgende brygget te, som blev indtaget af alle inklusiv mig. Da vi sad på tømmerplankerne og drak teen, var det mærkeligt at se, at de tre arabere sad og snakkede sammen, og de øvrige berbere snakkede sammen indbyrdes. Da jeg efterfølgende spurgte Soufiane, hvorfor de ikke snakkede med araberne, forklarede han mig, at det var for besværligt at føre en samtale med dem. Berberne forstod en del af arabernes dahia, men araberne forstod kun lidt tamazight. Det giver lidt stof til eftertanke.

Til trods for, at jeg lige har skrevet, at der også undervises i klassisk arabisk i skolerne, er det min erfaring, at ikke særlig mange taler klassisk arabisk.

Fransk er også obligatorisk i skolerne og rigtig mange taler fransk i Marokko, selvom det ikke er alle, der taler det. Iøvrigt holder jeg mit franske vedlige hver dag, som allerede skrevet, via sprogkursus på internettet, da det fransk, der tales i Marokko ikke harmonerer helt med korrekt fransk - et levn fra kolonitiden.

Ejendommeligt nok har jeg oplevet, at der lige pludselig er flere unge mennesker, der taler engelsk. Da jeg kom til Marokko første gang i 2012, var der næsten ingen, der talte engelsk; men nu her i 2023 er billedet vendt. Mange lærer selv sproget ved hjælp af deres mobiltelefon og sprogkursus på internettet. Spørger man de unge mennesker, der fortrinsvis taler engelsk, hvorfor de lærer det, er svaret altid, at det er det sprog, man taler ude i verden, og så er det tilmed utrolig let at lære.

Mange berbere har disse tegn

malet på ders dør. Det er Zeta, eller som jeg også har hørt det Zar i berbernes alfabet, (tifinagh alfabetet). Jeg har spurgt flere, hvad forskel, der er på dem; men ikke fået noget svar. Jeg har også konstateret, at de bruger dem tilfældigt på dørerne. De siger, at det betyder frit menneske, og tegnene ligner også ganske godt et menneske. Min svoger påstår, at når det er malet på døren betyder det: Her bor frie mennesker, her bor berbere!

Selvom vi alle sammen kender det røde marokkanske flag med den grønne femtakkkede stjerne i midten,

er det ikke det eneste flag i Marokko. Bernerne har deres eget flag, næsten ligesom skåninger og bornholmere har deres eget flag.

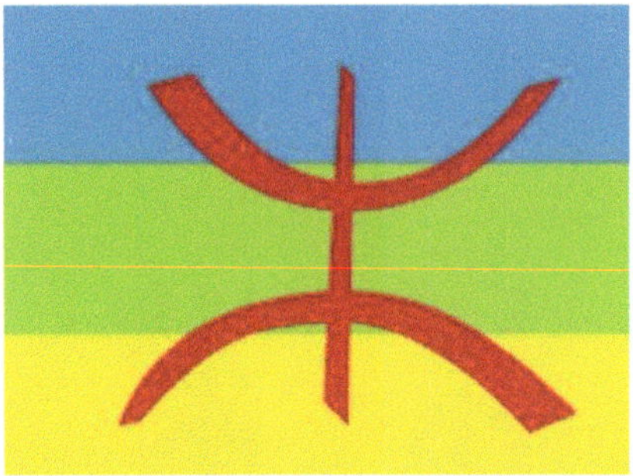

Tegnet, bogstavet i midten, kender vi allerede, det er Zeta i berbernes alfabet , tifinagh; (det var det, der betyder fri mand - berber). Den brede blå stribe foroven symboliserer Marokkos havområder, Middelhavet og Atlanterhavet. Den grønne stribe i midten symboliserer det grønne marokko, det Marokko man oplever, når man kører med toget fra Marrakech mod nord, det er de store grønne marker man ser, når man nærmer sig Casablanca. Den gule stribe nederst symboliserer det gule Marokko, ørkenen!

Marokkos befolkning

Da jeg altid bliver træt af alt for mange tal, og jeg ved, at mange af jer har det på samme måde, vil jeg begrænse mig mest muligt med tallene.

I Marokko lever der to store befolkningsgrupper og nogle minioriteter. De to store befolkningsgrupper er berberne og araberne. Der findes totalt (2023) små 40 millioner indbyggere i Marokko, og det anslås, at cirka 40% af disse er berbere. Det kan være svært at sige præcist, hvor mange der er af hver, da det ikke kan undgås at berbere og arabere gifter sig, og hvad så med børnene er de arabere eller berbere? Det er lidt mærkeligt, jeg lever som sagt mit liv i "berberland" og har konstateret i "dette land," at hvis en araberkvinde eller en arabermand gifter sig med en berber, betragter man deres børn som berbere. Drillesyg som jeg er, har jeg ikke kunnet holde min mund; men jeg har erfaret, at det ikke er faldet i god jord.

Berberne er den befolkningsgruppe, der har beboet Marokko længst. De boede her, da araberne gjorde deres indtog i årene (cirka tal) 700 til 1100. Araberne omvendte efterhånden berberne til islam. Jeg ved ikke helt, hvad berberne troede på inden da, men jeg har i specielle situationer oplevet reminiscenser fra en tidligere religion med brug af røgelse og afbrænding af specielle urter, selvom der blev bedt på muslimsk vis. Mine tanker går ofte tilbage til den religion, jeg oplevede hos bjergindianerne (mayer) i Mexico, hvor kristendommen og den oprindelige religion var blandet sammen.

Mange berbere bor i bjergene og ørkenområderne; men min private teori går på, at de oprindeligt har beboet hele Marokko, men er blevet fortrængt af de invaderende arabere.

Der er en verden til forskel på berbere og arabere. Det gælder udseende, størrelse, klæder, levevis og sprog. Når man ser de små berberkvinder med deres spraglede, farverige tøj, sjaler og tørklæder, ved man altid, ar de er berbere. De arabiske kvinder er normalt større, og deres tøj er meget mere ensartet med ens farve, som ofte er sort eller mørkt. Berbermændene og de arabiske mænd bærer ofte ens klæder, både europæisk og fra Mellemøsten. Hvis de har mellemøstlige klæder på, kan man ofte spore en større variation i farver og mønstre i berbermandens klædedragt. Også berbermanden er normalt mindre end den arabiske mand.

Berberne er nøjsomme, venlige mennesker, der i mange år har levet i pagt med naturen, og det præger dem den dag i dag. De er stilfærdige, men alligevel elsker de, at snåsnakke på ders egen facon.

Befolkningen, som for størstedelen udgør berbere i vores landsby, er absolut ikke fattige berbere, det må siges at være en landsby med relativ velslåede beboere; men alligevel hænger deres bjergliv ved dem. Mange holder høns og endda geder og får, som de driver forbi vort hus hver dag. Ja selv min kære hustru Jamila har næsten altid et par høns eller et par haner gående på vores nedre terasse – i øjeblikkert er der en hane, som forstyrrer min nattesøvn; allerede klokken fire om morgenen begynder han at gale. Der var egentlig to haner, som galede omkap; så de ellers så tålmodige naboer spurgte stilfærdigt Jamila, om hun dog ikke kunne nøjes med en hane. Enden på det hele blev, at genboen Hamid fik den ene hane til suppegryden, da Jamila ikke ville spise hendes gode hane! I tilsvarende araberbyer ser man ikke dette billede.

Jeg har også erfaret, at den gamle nomadekultur stadig hænger ved berberne. Vi har for eksempel nogle naboer, der i princippet bor fast i ders hus – men alligevel ikke. Somme tider forsvinder de over på den anden side af bjergene til bedstemor, hvor de hjælper til med bjergbedriften – geder, får, kalkuner og høns samt lidt oase, som de dyrker. Så pludselig efter en måned eller halvanden er de tilbage i ders hus igen. Jeg har spurgt Jamila, hvordan de tackler det med børnenes skole. Jamila svarer, at der også er skoler derovre, som de går i, mens de er hos bedste.

Vores nabo Mohamed, der er nattevagt i Aourir, har lige boet med kone og tre børn i deres ufærdige hus ved siden af os i en måneds tid. Nu er de tilbage ovre på den anden side af bjerget, så det er kun Mohamed, der sommetider sover i huset om dagen.

Berberfamilien under mit atelier og værksted ovre på den anden side af et andet bjerg, har delt det op på den måde, at når konens forældre skal høste deres afgrøder, valfarter konen og børnene op til bedstemor og bedstefar for at deltage aktivt i høsten; det tager som regel mere end en måneds tid.

Araberne, der har siddet på meget af administrationen og haft de store poster med handel og forretnig, er mere højlydte og direkte i dered henvendelser.

Det skal siges, at der i de senere år er sket en stor ændring, så mange berbere i dag har fået store poster både i det offentlige og i det private; men alligevel fandt før omralte demonsrtration sted i Rabat.

Jeg kan bedst illustrere forskellen på berbere og arabere med følgende lille fortælling: Jeg besøgte på et tidspunkt en arabisk speciallæge. Da jeg trådte ind i venteværelset eller rettere ventesalen, var den udsmykket med fine malerier og anden kunst. Da jeg trådte ind hos lægen, var rummet lige så prægtigt, og de apparater og instrumenter, han havde, var af nyeste dato. Jeg kan absolut ikke klage over behandlingen, den var i top! Det var honoraret også – efter marokkanske forhold.

Næste gang besøgte jeg en lille berberlæge. Hans venteværelse var spartansk med et enkelt billede af kong Mohamed VI. Da jeg kom ind til ham, havde han de samme apparater og instrumenter som den arabiske læge, men af ældre dato. Jeg kan absolut heller ikke klage over hans behandling, den var også i top, selvom hans honorar var under halvdelen af den arabiske læges.

Jeg har oplevet det samme med tandlæger, hvor berbertandlægens klinik var mere spartansk ligesom berberlægens; men prisen var til gengæld også betydelig lavere. Reparationen af mine tænder, faldt med flere tusinde dirham (møntfoden i Marokko, 1 dirham = ca. 0,70 DKK), da jeg konsulterede berbertandlægen efter at have fået et prisforslag fra arabertandlægen.

Så er der hele diskussionen om tauregerne, det blå folk, der siges, at også deres hud er blevet farvet blå af deres blå klæder. Nogle påstår, at det blåklædte folk der findes i marokkansk Sahara ikke er tauregere, men berbere. Andre påstår, at det kun er en del af den befolkning, der lever mod Mali, der er tauregere og atter andre påstår, at ægte tauregere kun findes i Niger, Mali, det sydlige Algeriet og det sydlige Libyen, og at der kun er cirka en million tilbage.

Jeg aner ikke hvad der er rigtigt; men kan fortælle at vores blåklædte taureger her i vores landsby, Hassan, der som taureger driver rundt med sine kameler ved Tamraght stranden og sælger ture på kamelerne til turister, ikke er taureger men berber. Men sig det ikke til nogen, illusionen skulle jo nødig briste!

For nogle år siden mødte jeg en mand, nær Agadir, det var dengang, vi havde den store tørkeperiode. Manden påstod, at han var taureger og levede i det sydlige Marokko ved grænsen mod Mautanien. Jeg så billeder fra området, og både hans fremtoning og fortællinger virkede troværdige. Han fortalte om, hvordan han på grund af tørken havde været nødsaget til at slagte en stor del af sin rigdom, kamelerne. Han fortalte i øvrigt, at tauregerne, der hvor han boede, talte en berberdialekt.

Min kone Jamila har en mere praktisk opdeling, berbere, arabere, franskmænd og ørkenfolkene. Hun har franskmændene med, da der opholder sig en del franskmænd i Marokko, og ørkenfolket er jo rimelig ens hvadenten de er berbere eller ikke. Man ser det, når man skal med bus fra Gare Routiere (den store rutebilstation) i Agadir, hvor ørkenfolket, der skal med busserne til Ourzazate og Zagora skiller sig ud fra andre på grund af ders særprægede ørkenbeklædning.

For ganske kort tid siden, da jeg var til et foredrag i Danmark, sad jeg ved siden af en kvinde, som havde været i kibbutz i Israel i hendes unge dage sammen med sin nu afdøde mand. Inden de tog tilbage til Danmark, havde de lavet en afstikker til Marokko, hvor de havde været på det, vi i dag kalder for trekking. De havde set og oplevet mangt og meget i Marokko og også mange "tildækkede kvinder," så hun spurgte en del ind til kvinderne i Marokko. Hvor undertrykte var de, og hvordan behandlede deres mænd dem?

Jeg måtte erkende, at mange kvinder bærer tørklæde i Marokko, både berberkvinder og araberkvinder; men jeg kunne samtidig fortælle hende, at det ikke er et tegn på undertrykkelse. Jeg har erfaret i flere både berber og araber familier, at det er mor, der sidder på pengekassen. På vort lokale onsdagsmarked tæt ved min bopæl i Hay Assersif møder jeg mærkeligt nok kvinder, der har slør for ansigtet, så man kun lige ser deres øjne, normalt ser jeg kun ganske få af disse kvinder. Der gik et stykke tid, før jeg fandt forklaringen. Når vi køber ind på markedet, er de ikke usædvaneligt at vi prutter lidt om prisen, så en kvinde med tildækket ansigt, kan prutte alt, hun vil det om prisen, uden at sælgeren ved, at det er "den rige Mohameds" kone. Hos tanddoktoren, der trækker tænder ud og sliber dem til, samt laver proteser, ser man også en del tilhyllede kvinder; men det har igen sin forklaring. Det er ganske smart, at være tildækket med klæde for munden, når man mangler det halve af tænderne og venter på det nye gebis.

Så hvis man tror, at det er undertrykte kvinder, må man tro om. Jeg har også oplevet i den kollektive taxa, at en kvinde med tildækket ansigt på vej til markedet fik lyst til mig. Hun slog sig på sine egne lår og slog mig på lårene, mens hun grinede og snakkede; da jeg steg af før souken (markedet) blev hun meget ked af det; men jeg skulle hjem til Jamila.

Der var også engang en kvinde uden ansigtet tildækket, der var meget interesseret i mig i den kollektive taxa. Hun snakkede samtidig en del med taxachaufføren. Da hun steg ud af taxaen et stykke vej før mig, fik jeg et kærligt klap på kinden. Da vi kørte igen fortalte chaufføren, at hun var blevet alene og syntes, at jeg måske kunne være en god partner for hende, så han havde lovet at ringe til hende for at fortælle, om jeg var ledig! Jeg måtte meddele ham, at jeg var gift med Jamila.

Jamila eksler at støbe og mure; men da det ikke er velset, at kvinder laver den slags arbejde, hylder hun sig ind i et stort tørklæde, når hun arbejder udenfor. Hun tror, at ingen kan genkende hende, selvom enhver kan se, at det er den lille trold, der er i gang med at arbejde.

Inden vi købte vort nuværende hus, boede vi i et araberkvarter nærmere Agadir ud til Atlanterhavet. En del af kvinderne her arbejdede på de nærliggende filkeoliefabrikker og var meget selvstændige kvinder, der mødtes flere gange om ugen efter arbejdstid

”oppe på bjerget,” hvor de drøftede dagens begivenheder over en kop kaffe eller te. Mine fire svigerinder, som jeg gennem årene har fået et stort kendskab til er absolut ikke undertrykte, selvom det kan være svært at sammenligne et dansk og et marokkansk ægteskab.

Kvinderne kører bil såvel som mændene, selvom der endnu ikke er kvindelige chauffører på busser og i taxaer. Men til gengæld findes der kvindelige soldater, gendarmer og politibetjente i Marokko.

Så er der spørgsmålet, om der drikkes alkohol i Marokko?

I det Marokko jeg kom til for 12 år siden, drak ingen i min familie eller omgangskreds alkohol, med undtagelse af et par af mine svogre, der er fiskere. Den ene nåede at holde op 5 år, inden han døde. Den anden lever stadig og har ikke drukket alkohol i nogen form i 2 år nu. Jeg må tilstå, at jeg har skræmt ham fra vid og sans. Jeg har nemlig sagt, at hvis han begynder igen, vil Allah straffe ham meget hårdt, det virker! Jeg har også sagt til ham, at hvis jeg kan holde op (har lige haft 10 års jubilæum), kan han også.

Ja, og så var der dengang, Jamila og jeg rejste nogle gange til Rabat. Det var inden vi blev gift; Jamila skulle have visum til Sverige og vi skulle også have vielsespapirerne i orden. Normalt rejste vi med bus fra Agadir til Marrakech og videre med toget til Rabat. Men da Jamilas bror Hassan forklarede, at det var meget lettere med bussen hele vejen, hoppede vi på dén! Det var meget mere besværligt og trættende; vi hang fast i Casablancas trafik i flere timer og ankom først til Rabat om natten.

Vi var heldige at blive indlogeret på "vores hotel" tæt ved Gare de Train (banegården); men der var ingen servering, te eller kaffe at få, så vi gik ned på gaden, hvor der lå en restaurant lige ved siden af. Da vi kiggede ind gennem vinduerne, troede jeg ikke mine egne øjne, der var vin, sang, musik og bægerklang. Der var øl, whisky og sjusser på alle bordene og på bardisken. Det mindede mig om en spansk bar. Jamila forklarede, at det var meget normalt i denne del af Marokko. Resultatet blev, at vi ikke gik ind; men i stedet for ville gå på en kaffe restaurant på første sal, skråt overfor.

Bedst som vi ville gå op ad trappen til restauranten blev vi holdt tilbage af en politibetjent, der nægtede os adgang, der var en razzia på vej! Vi blev beordret til at gå hjem på vort hotel! Så vi endte på hotellet og måtte nøjes med at drikke det mineralvand, vi havde på flasken.

Salg af alkohol i Marokko foregår næsten som i Australien fra specielle bottleshops eller som i Sverige fra Systembolaget.

Rejse, ankomst og ophold i Marokko

Så i dag, kom dagen, hvor jeg tog afsted til Marokko, søndag den 13/8 2023. Jeg skulle lige have mit første oldebarns navngivningsfest med i går lørdag den 12/8 2023, inden afgangen i dag.

Jeg har allerede fortalt lidt om, hvordan jeg rejser. Det er mest med Ryanair. Når jeg tager til København, har jeg de sidste mange gange rejst fra Agadir til Milano, hvor jeg er mellemlandet i den nye Bergamo lufthavn. Her har jeg har ventet i nogle timer, hvorefter jeg er fortsat til Københavns Lufthavn, Kastrup. Det tager alt i alt ca. 18 til 20 timer, fra jeg kører hjemmefra, og til jeg når lejligheden i Perstorp i Sverige eller min campingvogn på Røsnæs ved Kalundborg i Danmark. Turen kan normalt gøres for et beløb mellem 700 DKK og 900 DKK. I ferieperioder kan det blive 1.100 DKK til 1.200 DKK.

Når jeg rejser tilbage, har det været svært at finde en rejse, der endte i Agadir, så jeg har for det meste rejst via den nye Brandenburg lufthavn uden for Berlin. Nogle gange har jeg kørt med Flixbus fra Ingerslevsgade, tæt ved Københavns Hovedbanegård og direkte til Brandenburg lufthavnen, hvor jeg bare går 400 meter for at komme ind i afgangshallen.

Andre gange har jeg taget easyJet; det er næsten hip som hap med hensyn til penge og tid, og jeg slipper for den lange gåtur i Kastrup lufthavn ud til lavpristerminalen. Det Ryanair fly jeg hopper på i Berlin, Brandenburg flyver til Marrakech, så problemet er, at jeg somme tider skal overnatte dér på "mit lille hotel El Kanarie," for at tage bussen de

250 km til Agadir den næste dag. Det er ikke de store summer hotel og bus koster. En overnatning på El Kanarie har efterhånden sneget sig op på 235 DKK og bussen koster 77 DKK; men det er alt den tid, der går med at rejse, somme tider næsten to døgn; det irriterer mig. Selvom jeg overnatter i Marrakech ind imellem, sniger den totale billetpris sig næsten aldrig over en dansk tusindlap.

Men denne gang har jeg prøvet noget nyt, som jeg selv har strikket sammen, mærkelig nok fandtes rejsen ikke på søgemaskinen Momondo.

Jeg skulle have startet fra Kastrup Lufthavn klokken 14 i dag og være landet i Krakow, Polen klokken 15.35, men vi kom 15 minutter for sent afsted og landede også 15 minutter for sent, da der blev problemer i afgangsterminalen, så vi skulle ud at gå en ekstra tur.

I Krakow var det utrolig nemt, jeg kunne blive inde i lufthavnen, hvilket jeg ikke er vant til i de andre lavprislufthavne, jeg frekventerer, selvom de i øvrigt er nye og helt moderne. Det er næsten blevet normalt, at jeg skal gå ud af ankomstterminalen og bagefter gå ind igen gennem security og hele molevitten til afgangsterminalen. Men her i Krakow tog jeg bare elevatoren op i afgangsterminalen og fandt meget hurtigt gaten, hvorfra vi skulle flyve, i den overskuelige lufthavn. Jeg tjekker altid ind i forvejen og rejser med minimal håndbagage.

Vi landede 10 minutter før tid i Agadir, hvor det var som i en bageovn. Jeg havde min termojakke på, som jeg ikke havde plads til i rygsækken; så jeg måtte beholde den på, da jeg skulle have hænderne fri til immigrationen, hvor vi stod i kø. Pludselig sad der en ledig embedsmand, som jeg spontant gik over til; han sagde: "Hej Poul velkommen tilbage, hvordan går det med dig?" Jeg aner ikke, om jeg kender ham, men mit pas blev stemplet på rekordtid! Da jeg nåede til ham, der tjekker bagagen og hvor mange penge, man har med, vinkede han mig bare igennem. Lige inden man kommer helt ud af lufthavnen, stod der et par unge mennesker og solgte SIM kort til telefonen, det er første gang jeg har set det; men det må siges at være både en billig og smart løsning.

Alt i alt var jeg ude af Agadir lufthavn på under 10 minutter. Mine gode venner Hassan og Aaziz, der skulle hente mig, var ikke ankommet endnu; men de kom efter små 10 minutter.

Trods det sene tidspunkt, klokken 23, opholdt alle i Marokko sig udenfor, så det var tæt trafik de 40 km hele vejen hjem til Hay Assersif, hvor jeg til Jamilas store glæde for en gang skyld ankom før tid. Gensynsglæden var stor, så selvom jeg var godt mør efter rejsen, skulle jeg have nogle ordentlige kram og noget at spise og drikke.

Trods varmen lykkedes det at sove, jeg sov som en sten og vågnede først til morgenmad klokken 9 den næste morgen og blev lidt forundret, da jeg så de allerede omtalte 2 hanekyllinger, som spankulerede på terrassen. Jeg måtte konstatere endnu engang, at Jamila er og bliver en berberpige.

På grund af min skolegang er det mig, der har forbindelse til de forskellige myndigheder og derfor betaler el og vand mv. Det er også mig, der laver de store indkøb af samme grund. Hvis jeg har Jamila med bliver jeg distraheret på grund af sælgerens anbefalinger og snik snak, så jeg foretager indkøbene alene.

Så efter morgenmaden tog jeg den store rygsæk på ryggen og gik ned ad bjerget, hvor jeg bare ventede 3 minutter, inden der kom en aktaf (kollektiv taxa) og samlede mig op.

Det er en blandet skare, der kører disse aktaffer, nogle er pragtfulde, søde mennesker, og nogle få er slyngler. Jeg har derfor måttet sætte mig i respekt hele tre gange, hvor jeg har givet dem en knytnæve på skulderen og truet med ribbenene; det hjalp! De to af dem kom "krybende" dagen efter, og den tredje holdt ind til vejsiden, da jeg tre uger efter spadserede på gaden, og spurgte, om jeg ville køre med.

Aktaf

Det er snak hele tiden, blandet fransk og tamazigt og dahia, jeg skriver det, som vi siger det, så det er sikkert ikke grammatisk korrekt. "Salam, ça va, beher!" siger taxa driveren. Jeg svarer: "Al ham du lilla!" Alt imens vi begynder at rulle af sted.

"Je n'ai pas vu toi beaucoup de temps, pourquoi!" fortsætter chaufføren. "C'est parce que j'étais au Danemark!" fortsætter jeg. Så siger jeg: "Safé!" Det betyder stop, for vi har netop nået min ven Soufianes tømmerhandel, jeg må lige ind og sige: "Hej!," til ham.

Det blev dog ikke til så meget filosofisk snak i dag, for der kom kunder i butikken, så jeg fortsatte over til damen, hvor jeg ville betale elregningen; men det fik jeg ikke lov til; den var for lille; jeg kunne betale det hele næste gang.

Jeg fortsatte med at gå de par kilometer, der er ned gennem Aourir, forbi isenkræmmer forretningerne, forbi en enkelt bank, forbi brød sælgerne, bageren, fiskehandlerne, restauranterne, der griller fisken, man køber hos fiskehandlerne og nåede shoppen med krydderier, som også har havregryn i løsvægt. Her blev jeg også spurgt om, hvor jeg havde været, og hvad jeg havde lavet, inden det lykkedes mig at slippe derfra.

Så var jeg hos tanddoktoren længere nede ad gaden; der var ferie 10 dage endnu, så jeg må vente med reparation af mine tænder. Derefter gik jeg forbi det store apotek, hvor apotekeren heldigvis ikke så mig;

der sparede jeg tid!

Turen fortsatte ned gennem arkaden med alle slagterforretningerne, hvor slagterne ikke kan lade være med at hænge bagfjerdingerne ud foran forretningen, selvom det blev forbudt under coronakrisen. De fleste fik endda lavet disk med glas foran forretningen, så der blev mere styr på hygiejnen. Men som Jamila siger: "Du skal altid tjekke, at kødet ikke lugter, inden du køber det!"

Jeg skulle nu ikke have kød i dag, men kyllinger, som købes friskslagtede. Det kunne vente, caféen trak i mig, den ligger tilbagetrukket ud til den store kystvej, der forbinder Agadir med Essaouira og går forbi de umiddelbare bade og surfer områder Tamraght og Targazout. Længere fremme er der endnu flere af den slags områder. Stranden ved Aourir er efterhånden også blevet et eftertragtet bade - og surferområde.

På "min gamle café Inou," var der et gevaldigt liv, der blev spist morgenmad og drukket te og kaffe. Der blev råbt mere end sædvanligt; der var turister, arabiske og franske, så jeg satte mig stille, lidt tilbage i caféen. Det var heldigvis den rolige bartender Hassan, der var der i dag. Han skulle også lige vide, hvad jeg havde lavet, og hvor jeg havde været; men vi klarede det rimelig hurtigt, så jeg kunne få min nyntete.

Når jeg ser alle turisterne, der står i kø ved banken, der er nabo til caféen og hører dem diskutere og snakke med deres pårørende, der sidder på caféen udenfor, tænker jeg tit på mig selv, dengang jeg var turist og rejste rundt i verden med min familie.

Jeg fik drukket teen og hilst på et par bekendte, betalte 10 dirham (7 DKK), de 2 dirham var drikkepenge og gik tilbage til handelsgaden, hvor jeg købte kyllingerne, grøntsager og en hel masse andet.

Jeg måtte dog gå lidt op ad gaden, inden jeg kunne springe på en aktaf igen. Det er et utroligt skuespil, der foregår. Gendarmerne, som holder øje med, at alt går rigtigt til, skal også afvise aktafferne, så hvis der er gendarmer i enden af gaden, holder aktafferne lidt længere oppe.

Det er meget normalt, at hvis en person bliver taget i at køre aktafkørsel, får han en, set med vores øjne, mindre bøde og mister retten til at køre med bilen i fire dage. Myndighederne er nødt til at lukke øjnene for at holde sammen på infrastrukturen.

Da jeg ikke orkede, at slæbe alle mine indkøb op ad bjerget til vores hus, fik jeg chaufføren til at køre helt op til huset, hvilket jeg normalt betaler 10 dirham for.

Tirsdag tog jeg til Aourir igen, selvom der ikke var så meget, der skulle købes; men caféen trak.

Til trods for at Aourir er en handelsby med er stort opland, bliver der hver onsdag afholdt et kæmpe marked - souken tæt ved hvor vi bor, så onsdag måtte jeg på souken for at købe billigt ind til hele den kommende uge.

Jeg startede allerede med at gå ned ad bjerget klokken 10 i kun 24 graders varme med min tomme rygsæk og store indkøbstaskevogn. Souken nåede jeg efter bare 5 minutter. Som I ser på billederne, havde de fleste nået at stille deres boder op, mens nogle havde valgt at præsentere deres varer på jorden.

Jeg konstaterede med det samme, at det var småt med turister, ingen arabere eller franskmænd; de foretrak sikkert stranden i dag i varmen. Men der var en del kvinder med brede bagdele, som mavede sig frem.

Drengene havde travlt med, at køre varer for alle dem, der ikke selv kunne transportere alt det, de havde købt.

Hassan er en gammel kending; det er ham på det nederste billede. Han hjælper Mustafa med at sælge grøntsager. Hassan servicerer altid mig, jeg sparer ingen penge, men det er nu meget rart. Jeg fik købt diverse orientalske grøntsager inklusiv kartofler og basal. Basal er løg på arabisk og ordet er nemt at huske, for løg er det *basale* i alt vores madlavning.

Grøntsagerne var faktisk steget lidt, mens jeg har været i Danmark og Sverige, så gad vide hvordan det stod til med frugten? Æblerne, kønne rødkindede æbler, kostede omregnet 5,60 DKK/kg og vindruerne kostede 10,50 DKK/kg, så der røg lidt af hvert i sækken.

Jeg havde også brændte jordnødder, naturslik, småkager og rosiner på indkøbslisten, som jeg købte hos den sædvanlige lille berbermand, der altid gør honnør for mig! Jeg husker hver gang at hilse tilbage! Han er god at handle med, for man får aldrig for lidt, tværtimod, han har en "tålmodighed" vægt, i modsætning til andre, der har glemt, hvad der står i Koranen - rigtigt gættet - der står, at man ikke må snyde på vægten!

Forrige side viser et udsnit af en af de mange købmænds varesortiment. Jeg handler normalt kun hos den samme fordi, han er billig og hurtig til at regne rigtigt, uden at vi skal diskutere. Så det blev til 12 ruller toiletpapir, 2 flasker opvaskemiddel, 4 kg vaskepulver, 2 stk. flydende håndsæbe, 2 stk. almindelig håndsæbe og ¾ liter hårshampoo. Jeg betalte ham 69,60 DKK for hele molevitten.

Inden jeg gik hjem, skulle jeg også have 15 æg, normalt køber jeg 30 æg, men jeg købte 15 æg i går i Aourir, fordi Jamila ikke havde flere tilbage.

Drengen, der hjælper sin far med at sælge oliven fik 10 dirham stukket i hånden, hvorefter jeg fik min sædvanelige pose med pink oliven, som jeg på mine gamle dage er komme til at holde så meget af.

Hjemme med det hele

Temperaturen var heldigvis kun steget til 29 grader, så det var lige til at holde ud, så jeg kunne få lavet lidt.

Jeg lovede Jamila, inden jeg tog til Danmark og Sverige, at jeg ville lave et nyt sofaarrangement, når jeg kom tilbage. Det er ikke fordi, der er noget galt med det gamle; men jeg føler mig helt beæret, hun foretrækker min rå 1001 nats stil, så jeg må hellere se at komme i gang. Når jeg bliver færdig med sofaerne, skal Jamilas søster Habiba have de gamle.

Jeg lavede tegninger, målte og rodede og reagerede om eftermiddagen. Da tegningerne blev godkendt af Jamila, regnede jeg ud, at jeg skulle købe 20 stk. brædder à 4,50 m.

Det nåede at blive aften og vi satte os på vores nederste tagterasse. Det var en af disse fredfyldte aftener, hvor vi kunne sidde og betragte den modsatte side af dalen med dens bjerg konjunktur og naturligvis kvinderne og mændene, der sad på bjerget og kiggede over på vores side af dalen. Solnedgangen og lyset var fantastisk med røde, gule og smaragdgrønne farver, alt imens solen gik til ro.

Der hvor vi boede før, ude ved Atlanterhavet, sad både kvinder og mænd på samme måde på de stille, fredfyldte aftener. Men det var ikke bjergene de betragtede, det var havet og solen, der til sidst dykkede ned i havet.

Selvsagt gik der en rum tid, før vi fandt "svedekasserne," hvor vi forsøgte at sove.

Jamila er altid tidligt oppe; jeg ligger gerne et kvarter længere, så hun får kaffen og havregrøden klar. Idag var heller ingen undtagelse.

Jeg blev dog hurtigt klar med det hele, da jeg bare havde de tre nye sofaer i hovedet, så jeg var nede hos Soufiane lidt over klokken 10, hvor jeg bestilte og betalte de 20 brædder samt betalte for, at vores fælles ven Rachid skulle transportere brædderne hjem på sin lille mini lastbil. Jeg fortsatte ned på caféen, hvor jeg sidder nu.

Læste netop et opslag på Facebook om en mand i Danmark, der havde sat sig på togskinnerne og bare ventede på, at toget skulle komme og gøre en ende på livet. Det lykkedes for opslagets skribent, at få toget standset 7 meter før, det nåede manden. Efterfølgende talte de to sammen på en bænk, hvor den ulykkelige selvmordskandidat berettede, at han ikke havde noget at leve for. Han var stofmisbruger, psykisk syg, havde tryglet om hjælp, men der var ingen hjælp at hente; ingen ville hjælpe ham, og venner havde han ingen af.

Jeg kom straks til at tænke på, hvad der gør, at nogle samfund, som for eksempel vort her i Marokko accepterer den slags mennesker i større grad. Her er der plads og accept til mennesker med speciel adfærd. Nogle fungerer som parkeringsvagter og nogle som hjælpere hos fiskehandleren etc.

Selvom jeg har funderet meget over, hvad årsagen er, kan jeg ikke finde et enkelt svar. Måske religion, måske klimaet med mere udeliv, måske et gen, som menneskene her har i større grad end menneskerne oppe i Danmark, eller måske det, at det marokkanske samfund, hvad indtjeningen og spendering på luksus ting angår, er meget anderledes med færre penge til rådighed for den enkelte, så tolerancen for det enkelte individ bliver større. Jeg har desværre konstateret, at tolerancen for andre anderledes tænkende i dagens Danmark bliver mindre og mindre.

Jeg ved, at det er ønsketænkning; men hvis vi aktivt i Danmark ændrer holdning og lukker flere af disse medmennesker ind i vort samfund og i vores familier, slår vi to fluer med ét smæk, vi undgår: At flere af vore medmennesker ikke skal til psykiater eller psykolog og dermed får vi også reducerede ventelister.

Men desværre tror jeg, at det kræver en kæmpe selverkendelse og indsats af alle lige fra enkeltindividet, myndighederne og regeringen; og om det er muligt i den nuværende situation, ved jeg ikke.

Hvad skete der på vejen hjem? Jeg fik en bekræftelse på mine lige tænkte tanker!

Præcis, da jeg trådte ud af caféen kørte en stor, sort bil op på siden af mig og sideruden blev rullet ned. Inde bag ruderne sad der en velslået arabisk familie i den airconditionerede bil. Jeg troede først at de ville spørge om vej; men nej; familiefaren, der sad ved rattet, og som førte ordet, ville blot vide, hvorfor jeg havde fuchia (sommer kjortel) på? Jeg svarede prompte lidt starksto: "Stor tyk, gammel mand og meget varmt!" De forstod den alle, grinede højlydt og kørte videre. Jeg tror ikke at tilsvarende var hændt i Danmark.

Lige efter mødte jeg min svigerinde Essaddia på en lille plads; jeg slap ikke for kys og kram, fik endda et smækkys lige midt på munden. Jeg syntes nu ikke, at jeg havde været væk i så lang tid; men det må jeg jo have været! Ingen tog notits af vores krammeri, den brede tolerance er værd at bemærke!

Rachid kom først med brædderne klokken 18, så vi fik dem stuvet ind i stueetagen, så jeg kan begynde med mit sofa arbejde.

Jeg har til morgen konstateret, at min sav og andet grej befinder sig i mit kombinerede atelier og værksted i en anden lille landsby, Hafsi bag et bjerg længere ude mod Atlanterhavet, så efter at Jamila havde klippet mig, begav jeg mig igen ned ad vores bjerg og opdagede, at ingen anden end aktafchsufføren Said, sad og ventede på kunder. Han har sejlet med spanske fisketrawlere, så der skal altid snakkes lidt skraldespansk! Said bor selv i Hafsi, så han ved præcist, hvordan han skal køre mig over bjergene til mit værksted. Han tager 20 dirham/14DKK for at køre mig direkte til døren.

Billede fra turen over bjergene.

På de næste side ses billeder fra atalier/værksted, samt det værktøj jeg hentede.

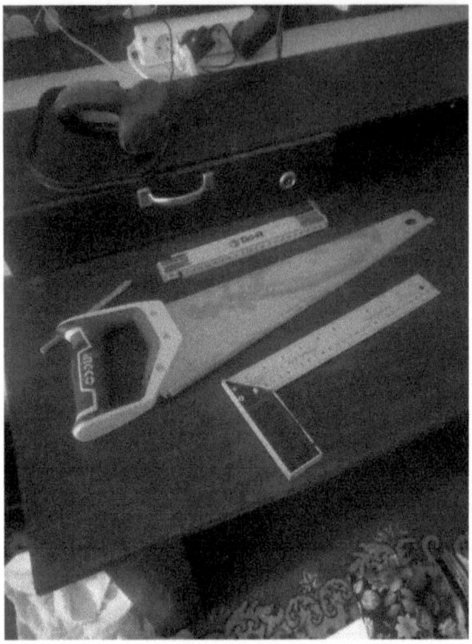

Værksted/atalier kræver en forklaring. For ca. 3 år siden indså jeg, at jeg behøvede mere plads til alt mit værktøj og malergrej. Jeg behøvede også ro til mit arbejde, så jeg søgte med lys og lygte efter et arbejdsrum. Jeg fandt det via min gode ven Hassan i Hafsi oppe på bjergsiden over hans lejlighed. Jeg skulle betale den famøse sum af 700 DKK i leje om måneden. Da jeg var ankommet med alle mine ting og havde fået lagt dem på plads, opdagede jeg, at der var 2 tomme rum og et lille toilet, som vores, samt bruser. "Hvem bor her, og hvordan arrangerer vi det med dem, når jeg kommer." spurgte jeg. Hassan forklarede, at de også tilhørte mig; de var med på købet! Så hvad gjorde jeg? Jeg købte brædder som nu og lavede 2 sofaer, et bord et køkkenskab, et skrivebord, et stort, kombineret opholds- og garderobeskab og til sidst en seng. Så nu har jeg en lejlighed, hvor jeg kan opholde mig en gang imellem, arbejde med mit værktøj, male lidt og skrive det jeg har lyst til. Taget hører også med til lejligheden; jeg har installeret el deroppe; der var vand i forvejen, så nu kan Naïma, Hassans kone vaske og hænge tøjet til tørre.

I kan også se også det simple værktøj, jeg skal have med hjem til sofa fremstillingen. Jeg kan godt lide, at save det hele i hånden, fordi jeg på den måde får motion, får et præcist produkt og har tankerne med mig! Jeg ved godt nok ikke, hvor meget jeg får lavet i dag, for temperaturen er lige nu 37 grader og forventes at stige til 41 grader!

Jeg lå på sofaen til klokken næsten 16, hvorefter jeg gik ned i stueetagen og begyndte at save brædderne i bidder. Bar hele molevitten op på anden salen og monterede det.

Undervejs i projektet kom søster Essaddia med datteren Mariam. Selvom jeg var drivvåd af sved og sikkert ikke lugtede særlig godt, skulle jeg have samme tur igen, tro det eller ej. Jeg havde troet, at både Jamila, Essaddia og Mariam var gået i salonen nedenunder; men de blev; det var interessant at se mig arbejde, og de småhjalp mig lidt.

Jeg fik den første sofa færdig. I skal nok få den at se; men jeg tror vi venter til de to andre er klar og jeg måske har fået anskaffet hynder.

Essaddia havde couscous med, hvor kødet var komaver, som smager rigtig godt, selvom de ikke er på spisesedlen hjemme i Danmark. Vi får dem ikke så ofte, da Jamila er "alt for dansk" og ikke bryder sig om dem.

Den følgende dag lykkedes det mig trods en glohed eftermiddag, at fabrikere en sofa mere. Da jeg var færdig med den, meddelte jeg, at jeg ville "holde ferie" den næste dag.

Det blev nu ikke til meget ferie, for jeg havde planlagt, at jeg skulle bestille hynder - matelas, hvilket normalt behøver lidt tid, da jeg skal have dem til den rigtige pris. Dem vi har nu, var rimelig dyre på grund af, at de er lavet af formgummi, som var alfa og omega for et par år siden. Men de har den skavank, at hvis man ligger for meget på dem, bliver de deforme. Så vi går tilbage til de klassiske, der for det meste består af kapok.

Jeg havde kalkuleret lidt og regnede med cirka 1200 dirham. Jeg huskede, at iføre mig min berberklædning og være lidt langskægget, da jeg drog af sted i morges.

Langt de fleste gange har jeg handlet med Abdullah. Han er ikke så gammel, som han ser ud til; han er sikkert ikke mere end midt i fyrrerne, selvom han på en eller anden måde har en fremtoning og træk som en ældre. Han har lidt svært ved at forstå de "maskintegninger," jeg laver, så jeg må "skære det hele ud i pap" for ham!

Men efter lidt snak frem og tilbage kom han med en samlet pris for de tre matelas på 900 dirham, samtidig med at han sagde: "Jeg gider ikke at forhandle med dig i dag, vi har kendt hinanden så længe, at vi dropper skuespillet!" Da jeg vidste, at prisen var yderst favorabel, satte vi arbejdet i gang. Det blev lovet færdigt til om to dage; men som altid beregner jeg tre dage. Han fik 400 dirham af de 900 dirham som depositum, forskud; det er mig der bestemmer det; alt bliver iøvrigt skrevet ned på en lille seddel, jeg får med i lommen.

Jeg skal på hjemvejen huske at købe en pakke 4 mm træskruer mere til den sidste sofa. Skruerne koster 25 dirham, cirka 25 SVK. I Sverige, hvor jeg har købt alt den slags grej igennem de sidste 15 år, må jeg betale 100 SVK for en pakke på samme størrelse! Jeg spekulerer tit på, hvem der løber med den store fortjeneste.

Senere, når vi har fået hynderne lagt på plads, skal jeg købe betræk. Det kræver også forhandling, men lad os nu se, om Abdullah ikke også har en god pris på dem.

Den følgende dag blev jeg hjemme for at lave den tredje sofa. Jeg tog den med ro; salonen er ikke retvinklet, så jeg tilvirkede sofaen, så den kom til at passe nøjagtigt i hjørnet; den blev derfor først færdig om eftermiddagen.

Derefter ville jeg vaske tøj. Jeg vasker en del af vores tøj på grund af, at jeg ved, hvordan jeg skal få sæben ud af tøjet. Somme tider når Jamila har vasket tøjet er der sæberester i det, og så er det, at jeg protesterer. Jeg må hellere fortælle, at vaskemaskinen, vI har, er én med et kar med rotor i den ene ende og en centrifuge i den anden ende.

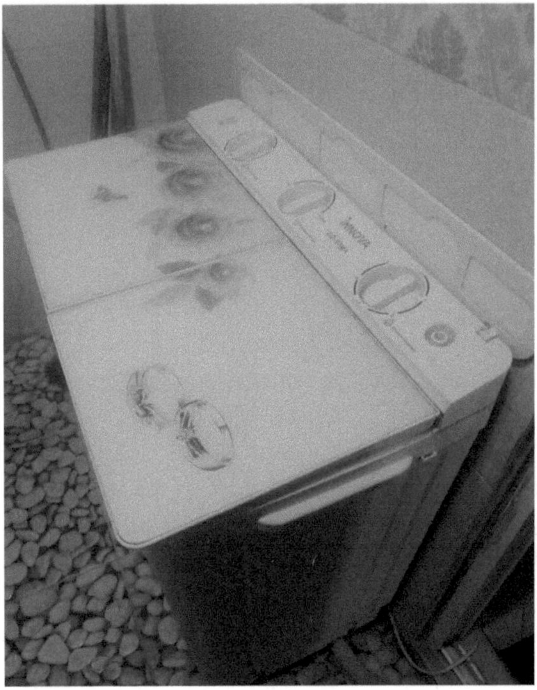

Sådan ser vaskemaskinen ud lidt oppefra, mange af disse maskiner er fremstillet i Tyrkiet.

Vi har haft automatiske vaskemaskiner i Sverige uden succes, da Jamila ofte får valgt et forkert program, så denne fungerer, også hvis søster Habiba skulle komme forbi for at vaske.

Mange berbere i bjergene vasker stadig i vandløbene. Jeg har flere gange set kvinderne stå med rumpen i vejret og givet tøjet knofedt, skylle det og hænge det til tørre på de normalt stikkende buske.

Den sjoveste og mest opfindsomme vaskemaskine jeg har set, var i udkanten af Tamraght, hvor en kvinde vaskede i en gammel olietønde.

Det kræver en forklaring! Hen over olietønden, der selvfølgelig var renset og fri for olie, var der spændt et bræt med et hul i midten. I dette hul var der monteret en aksel med et piskeris i bunden af tønden og et håndtag på toppen af tønden. Så mens kvinden drejede håndtaget rundt, blev tøjet vasket.

Jeg hang vasketøjet til tørre oppe på den øverste tagetage, satte mig i stolen og betragtede bjergene, jeg så godt, at der kom skyer ind i dalen fra syd, men tænkte ikke videre over det. Temperaturen var behagelig, sikkert mellem 25 grader og 30 grader. Efter ½ time mærkede jeg på tøjet, det var næsten tørt, så jeg gik ned drak myntete og snakkede lidt med Jamila.

Da der var gået en times tid, gik jeg op for at hente det tørre tøj. Men det var vådt og bunden af vasketøjskurven var fyldt med vand. De skyer, jeg havde set, havde givet en kort men fyldig regnbyge! Det er Marokko!

Jeg gad ikke tage chancen, og lade tøjet hænge på tagetagen natten over, så jeg bar det hele ned og hængte det til tørre inde i huset.

Det blev ikke til mere regn, selvom jeg i mørket kunne se, at det var begyndt at blive tåget nede i dalen. Jeg hentede derfor endnu en kop te og satte mig tilrette på den nederste terrasse for at nyde aftenbrisen og kigge på halvmånen, mens jeg tænkte på den orange ildkugle og alle de andre mærkelige himmelfænomener, jeg havde oplevet i mit liv. Hov! Hvad var nu det? På én gang, da jeg kiggede op på himlen, kom der 28 eller 30 små hvide lys marcherende på én række, jeg havde svært ved at tælle dem, det flimrede for mine øjne. Jeg tilkaldte Jamila, der ville fotografere dem; men for det første havde det ikke kunnet lade sig gøre med telefonen og for det andet ville de have været forsvundet, når hun var kommet tilbage.

Jamila skulle vide, hvad det var? Da jeg sagde, at jeg ikke vidste det, sagde hun, at jeg vidste alt, så det troede hun ikke på. Så manden, der ved alt, måtte finde en forklaring. Det lykkedes, det måtte være rigmanden Elon Musk, der havde sendt en ny portion sattelitter op, som hen ad vejen skulle fordeles på specielle positioner, hvorfra de skulle fungere som tele- og internet satelitter. Jeg kunne mærke på mig selv, at jeg troede på forklaringen.

Jeg så for et par dage siden på bjergvejen fra Assersif til Hafsi, at der var et væltet, nedrevet hus og har siden spekuleret på hvorfor?

I dag, da Rachid kørte sofahynderne hjem, fik jeg forklaringen. Kommunen er begyndt at nedrive alle ikke lovligt opførte boliger uden nåde, så vi nærmer os europæiske og danske normer og tilstande. Det er både godt og ondt! Nu bliver der mindre plads til de skæve eksistenser! Nogle af husene var meget særprægede klenodier bygget af hippier i Marokkos hippie periode. Jeg er sikker på, at man om nogle år, når historien skrives, vil fortryde handlingen; men sket er sket!

Det er ikke kun her, men overalt i verden, man har dette hastværk med at slette hippiekulturen, og jeg spørger mig selv: "Hvorfor?" Selvom hippierne på mange områder ikke var konstruktive og passede ind i samfundet, mener jeg, at de i allerhøjeste grad havde mange værdier, som vi savner i dag.

I går onsdag var jeg endnu engang på onsdagsmarkedet; indkøbsvognen og rygsækken var en del lettere denne gang, da jeg havde købt de basale ting sidste gang.

Efter en kaffetår hjemme med nogle af de gode småkager, jeg havde købt, tog jeg på farten én gang mere. Denne gang gik turen til Abdullah, som havde madrashynderne klar.

Jeg fik hurtigt arrangeret transporten af dem hjem. Jeg strøg straks over til Soufiane, hvor Rachid (ham med den lille lastbil) sad og nød tilværelsen. Jeg fik tre brædder mere med, da Jamila og søster Habiba har et projekt, en plan, som jeg næsten har sagt ja til.

Jamila og jeg fik hurtigt lagt hynderne på plads, så vi nu bare mangler at købe nogle betræk og lægge dem på. Jamila skal også slibe og male træet; men det er lidt uvist, hvornår det bliver. Det kan blive i dag, i morgen eller om en måned. Jeg siger ingenting, det er ikke diskussionen værd.

Men her er som lovet det foreløbige resultat.

Sent om eftermiddagen kom storesøster Fatima og hendes søn Eisa. Datteren som jeg aldrig kan huske navnet på, var blevet hjemme på grund af varmen.

Fatima larmer en del, og Eisa siger slet ingenting; han er cirka 14 år gammel og kan næsten ikke tale, ingen ved hvorfor? Han er en flot, pæn og venlig ung mand, som er psykisk afviger.

Fatima var gift med Mohamed, som jeg omtalte tidligere. Det var ham der nåede at holde op med at drikke alkohol 5 år før han døde. Han var pensioneret fisker og tjente lidt ekstra ved at snorkeldykke efter muslinger og blæksprutter. Men for 1 ½ år siden drev han livløs i land. Det blev hurtigt konstateret, at han ikke var druknet; men at hjertet var "stået af!" Hans læge vidste godt, at han havde dårligt hjerte, men Mohamed havde aldrig sagt det til andre, heller ikke derhjemme.

Huset på skråningen i Tamraght, som de boede i, tilhørte Mohamed. Men Mohameds familie lod Fatima og børnene blive boende. Der hører et lille ekstra hus til det store hus, som Fatima fik råderetten over, så hun kan udleje det og på den måde få en ekstra skilling til at leve for.

Efter Mohameds død måtte jeg lave en sofa til familien, så der blev en sengeplads mere. Den gamle sofa skulle bruges i udlejningshuset.

Jeg har sagt til Jamila, at selvfølgelig skal vi hjælpe dem. Men penge får de ikke, ligesom den øvrige familie heller ikke får nogle penge. De smelter blot mellem deres fingre i varmen. Så da vi havde drukket, spist og snakket lidt, fik Fatima læsset den medbragte indkøbspose.

Da jeg var på toilettet om aftenen, sad jeg og kiggede på en skorpion, og den kiggede tilbage på mig. Jamila er en glimrende skorpion-og slangedræber, så jeg råbte: "Jamila c'est un petit scorpion ici!" Straks, på ingen tid var Jamila dér, og jeg hørte den knasende lyd af dræbt skorpion. Jeg er heldigvis aldrig blevet bidt; men Jamila har været uheldig et par gange. Det tager lidt på hende, hun bliver syg en dags tid, men frisker hurtigt op igen.

Hun dræbte ikke skorpionen med mobiltelefonen; den er der bare for at vise størrelsesforholdet.

Skorpionerne kommer ligesom de små, sorte slanger heldigvis kun ind, når det bliver varmt; men det mærkelige er, at vi kan finde dem på alle etager; hvorfor har vi aldrig fundet ud af.

Kakerlakkerne er der hele tiden, somme tider må vi gøre en ekstra indsats for at regulere bestanden; men de er sådan set meget fredelig; jeg kender dem i forvejen fra min sejlads på troperne.

Gekkoerne kommer i perioder, lige nu har vi ingen synlige, selvom det er meget varmt. Men de er fredede! Jeg lærte engang på Østen, at slår man en gekko ihjel, betyder det 1000 års ulykke, hvor denne myte kommer fra, ved jeg ikke!

I dag torsdag lykkedes det mig endelig at komme til en åben dør hos tanddoktoren. Det var kun "la fille," pigen som hjælper til, der var dér; hjemme i Danmark hedder hun klinikassistenten.

Hun har svært ved at smile og er en meget reserveret type. Jeg har fundet ud af, at hun bor på klinikken og har et værelse inde bagved; det er vel en del af hendes løn.

Efter at hun havde kigget på tandskaden, blev jeg anvist bænken i venteværelset. Efter 3 kvarter hørte jeg det puste på trappen; jeg kendte pustet, det var ingen anden end mama tanddoktorr, der arriverede.

Jeg blev straks kaldt ind til hende, hvor jeg forklarede, at jeg havde tygget i et æble, så fortænderne var knækket fra protesen. Så jeg skulle have skideballe, og det vidste jeg: "Når man har en protese, hugger man ikke et æble i sig, man skærer det ud i sirlige småbidder, som man spiser." Jeg bøjede hovedet, så hun vidste, at jeg var ked af, at jeg havde ødelagt hendes mesterværk; det hjalp, hun smilede og sagde: "Tag det ikke så tungt, vi kan sagtens reperere din protese, kom du mandag morgen, så er den klar!"

Selvom jeg lige har beklaget hippiekulturens tilbagegang, møder jeg alligevel somme tider gamle hippier, hvor jeg færdes i verden. Af en eller anden grund henvender de sig ofte til mig, selvom jeg ikke er hippie. Jeg tror selv, at det er fordi jeg er en gammel mand, hvor smilet ikke ligger langt væk; og sikkert også fordi jeg opfører mig tvangsfrit og naturligt og forsøger at behandle alle lige, samt at jeg går i det tøj, jeg har lyst til her og nu; alle disse faktorer passer ind i hippiemønstret! Det jeg godt kan lide ved hippier er, at alle bliver behandlet lige; alle er lige meget værd trods deres herkomst, hudfarve eller religion. Højtravende politik hører ikke hjemme hos hippier.

Da jeg sad på caféen for et par timer siden og konsulterede min mobiltelefon, så jeg godt, at der sad 4 hippier udenfor i deres farverige tøj. Der var 3 ældre kvinder og en ældre mand, De havde travlt med at drøfte et eller andet?

Manden, der havde et mildt udseende, var vel omkring de 70 år. Han var trods alderen en rank mand. Han havde udstrålede blå øjne og smilet i hans store lange viltre skæg var ikke til at tage fejl af. Det var en rigtig hippie med håret i en knold i nakken.

Da han rejste sig, satte han kursen ind mod mig i restauranten. Han satte sig overfor mig og kiggede intenst på mig, hvorefter han på engelsk sagde: "Jeg ser; du er næsten en af vore! Så nu skal du høre her, regeringen er begyndt at rive huse ned, som ikke er lovligt opførte, og hvor mange af vores huse i Paradise Valley tror du er opført med permission? Ingen! Så det er en katastrofe for os, hverken mere eller mindre!" Jeg kendte godt Paradise Valley, har været der og ser dagligt folk valfarte dertil fra min terrasse i Hay Assersif.

"Jeg ved det kun alt for godt, jeg har allerede set væltede huse!" sagde jeg.

Han fortalte hurtigt efter, at han var født i Skotland, hvorfra han tidligt i sin ungdom havde turet verden rundt, først bare som almindelig rejsende og senere som hippie. Hans navn var Eric.

De sidste mange, mange år havde han tilbragt i Marokko, i Paradise Valley. Han forklarede højlydt, at han ingen intentioner havde om at komme hjem til Skotland, så ville han bare blive endnu mere tosset i hovedet, end han allerede var!

Da vi havde snakket lidt mere, stak han et papir frem og spurgte mig, om jeg turde sætte min underskrift på det. Jeg læste det omhyggeligt. Det var et protestdokument mod vilkårlige nedrivninger af husene. Inden nedrivningerne skulle det vurderes,, om husene på en eller anden måde var bevaringsværdige af kulturelle og historiske grunde. Der kunne vel ikke ske det store ved at jeg satte min underskrift på papiret, så det gjorde jeg!

"Jeg vidste det, du er en af vores slags; jeg så det med det samme!" fortsatte han. Jeg kommenterede ikke hans udsagn; men brummede bare.

Jeg troede, at seancen var slut her; men måtte tro om, for uden yderligere samtale proklamerede Eric ud af den blå luft: "Homo Sapiens, du er et flokdyr, som altid søger en leder, du skal have noget at tro på og noget at frygte! Du er skabt sådan! En streng straffende Gud, en klimakrise, fordi du har misbrugt jordens værdier, atomkraftværker der spreder død og ødelæggelse, krigen der bliver den sidste etc. Du falder på numsen for et nik eller et udsagn fra en nobel habit eller en hvid kittel i den rigtige alder. Hvis nogen er så dumme, at opponere mod den officielle tro og frygt, skal de kanøfles! Det er magthaveren og hans folk, der har retten. Husk! At den der har magten, har også retten! Det er en naturlov.

Alligevel er der outsidere, nogle Homo Sapiens, opretgående selvtænkende mennesker, som ikke kan udholde at følge trop, de tænker selv, mange af dem er gamle med deres intellekt i behold. De er måske de værste til at yde modstand, for de har set og oplevet jeres H. C. Andersens 'Kejserens nye klæder' adskillige gange i deres liv. De har set historien gentage sig igen og igen, så deres autoritetstro overfor magthaverne er ikke længere tilstede. De hopper ikke på limpinden mere, tværtimod!

Nu er vi sådan set ved sagens kerne! Det er derfor diverse magthavere frygter udsagnet fra gamle videnskabsmænd og alle os andre veltænkende gamle. Har vi overhovedet en klimakrise. I slutningen af 1970'erne havde vi også en klimakrise; dengang frygtede vi en ny istid! Men den blev aflyst!" Eric skulle lige have en slurk af den myntete, Hassan havde fremskaffet, så jeg benyttede lejligheden til at takke ham mange gange for hans indlæg. Han havde forstået, at jeg forstod hans budskab, så han sagde ikke mere. Jeg slap ikke for nogle gevaldige, kraftige hippiekram, før han grinende satte sig ud til damerne.

Pludselig, da jeg kiggede op fra min mobiltelefon, sad det sorte grinende hippieskæg overfor mig igen. Jeg troede, at jeg var sluppet for Eric! Men måtte tro om! Han havde mere på hjertet, han havde mere at proklamere: "Europa du går din undergang i møde med det klæbrige net af forordninger, certifikater på alt og alle, regler og normer, du har viklet dig ind i. Du vil blive kvalt i et uigennemskueligt, uigennemtrængeligt spind. Et spind, der hæmmer ethvert fornuftigt tiltag. Det hæmmer kærligheden, næstekærligheden og livslysten! Tro mig! Der er forskel på maskiner og mennesker!" Jeg nikkede og brummede, hvilket han var svært tilfreds med, så efter nogle flere, kraftige klap på mine gamle ømme skuldre, blev jeg inviteret ud til dem i Paradise Valley. Jeg har godt nok ikke besøgt dem derude endnu.

Jeg vidste godt, at det Eric snakkede om, sagtens kunne være sandt, for jeg kender og taler sommetider med gamle videnskabsmænd, der har divergerende opfattelser og meninger om klimaet. De skriver den ene gang efter den anden indlæg til nyhedsmedierne; men bliver bremset! Den eneste der bringer indlæggene i Danmark er Jyllands Posten! Det er dejligt, at der stadig findes medier, som har objektiv journalistik.

Med hensyn til Europa, havde jeg i den sidste tid hørt mange lignende udsagn, og Eric's blev ikke det sidste.

Jeg så pludselig for mig, hvordan jeg som dreng sad ude i køkkenet hjemme hos min far og mor, da de havde fest, og min bror Henning og jeg ikke måtte være med.

Betjent Nielsen, vores genbo, der var lovens lange arm, blev samtidig betragtet som en vis mand, så alle lyttede andægtigt til ham, da han forklarede, at der aldrig mere ville blive krig i denne verden, specielt min mor lyttede, for hun frygtede krigen. Betjent Nielsen forklarede, at man havde stiftet en international organisation, Forenede Nationer, FN, så i stedet for at kriges, kunne man nu på saglig vis tale sig til rette. Træerne er aldrig vokset ind i himlen! FN spændte ben for sig selv på flere måder. Der kan skrives en hel bog om, hvad der gik galt; det bliver alt for omfattende at bringe det her.

Virkeligheden blev til trods for betjent Nielsens ord, at den ene krig fulgte i kølvandet på den anden. Selvom jeg ikke er politiker på nogen måde, mener jeg, at vi har været for blåøjede i vores tro på FN som den retfærdige storebror. Jeg tilstår klart, at jeg er skeptisk med organisationens dispositioner og betragter endda nogle som hovsaløsninger.

Dette gælder ikke mindst FN's klimapanel IPCC, som efter min mening mangler objektivitet. Det er kun folk med den samme mening og holdning, der bliver lukket ind. Lidt modspil ville have været på sin plads, specielt når man rådgiver en hel verden, dens regeringer og andre organisationer. Det er sørgeligt, for IPCC burde være for alle, have bredde og fylde og ikke bare have en snæver inderkreds af rådgivere med ens holdninger, så jeg er fristet til at konkludere, at hvis FN's andre afdelinger og paneler fungerer på samme måde, sår det en stor tvivl til FN's samlede dispositioner, anbefalinger og foranstaltninger.

Som sagt har hippiekulturen mange gode sider, som har været med til at ændre vores firkantede verden, det indrømmer jeg klart. Den negative side af kulturen er naturligvis misbruget, både med hash, andre stoffer og alkohol, som jeg inderligt håber de nye hippier, for der vil altid være hippier i denne verden, vil reducere over tid. Men problemet er desværre ikke bare hippiernes; det er et problem i alle verdens folkeslag og kulturer i større eller mindre grad. Det er sørgeligt, at vi lader disse stoffer dominere vores liv. Men det er jeg ikke den rette til at udtale mig om.

A propos nedrivningerne af ulovligt opførte huse, har jeg tidligere forklaret, at det et led i en kæmpe regerings planlægning for et mere ensartet, renere og mere tiltrækkende Marokko. Der er og bliver foretaget kæmpe, kæmpe arbejder for at opnå dette. Det jeg har kendskab til og registrerer er naturligvis i mine omgivelser; det vil sige i Agadir med omegn og de andre tilstødende byer, inklusiv "vores" Aourir.

Det er ikke lappeløsninger her foretages, som jeg så ofte ser det i Danmark på grund af besparelser, sidst med kloakeringen på Lundevej i Kalundborg, hvor vores gamle hus ligger, i stedet for den lovede omkloakering, bliver der nu bare trukket en strømpe indvendigt i kloakrøret.

Næh, i Marokko foregår det på en helt anden, overordnet måde! Hele vejen bliver brudt op, gamle kloakrør og elkabler bliver fjernet, nye bliver lagt og monteret, ny ballast i vejen, ny anderledes vejbane, mange steder med rambla, som i Barcelona og nye brede fortove, ofte med fine nye beplantninger både på ramblaen og ved fortovet.

Endnu engang, hvis kong Mohamed VI kan holde sammen på Marokko, hvad jeg, som før skrevet, inderligt håber, bliver det morgendagens land, det bliver det tilmed med et højt uddannelsesniveau.

Jeg så det samme mønster i Japan sidst i 1960'erne, og spåede dengang Japans vækst (som desværre har ændret sig i de sidste år). Nu spår jeg Marokkos kommende vækst på samme måde. Her er initiativ, gåpåmod og dygtighed. Det er en fantastisk udvikling Marokko har gennemgået bare i de 11 år, jeg har huseret her.

Jeg må hellere se at komme hjem; temperaturen har sneget sig op på 46 grader, så jeg trænger til en eftermiddagslur.

Jeg fik ikke sovet meget i varmen; men lå og tænkte, mens jeg slappede af.'

Når man er turist og har købt en rejse i en uge, fjorten dage eller måske i tre uger; hvadenten man har købt den som charterrejse eller selv komponeret den og ankommer til en destination, hvor temperaturen tangerer 50 grader eller måske er endnu højere, kan man i mange tilfælde ligge og dase ved stranden eller ved hotellets pool med fødderne i vandet og svale sig på den måde. Der er også aircondition på mange af hotellerne. Ekskursionerne i naturen og til seværdigheder kan blive anstrengte og meget varme; men de begrænser sig som regel kun til en, højst to dage.

Hvis man, som jeg, lever i varmen i en lang periode uden hyppige strandbesøg og har daglige ting, der skal håndteres, er situationen en anden, vi har heller ikke aircondition, så inden døre i betonhuset kan temperaturen blive betragtelig.

For snart mange år siden, lang tid før jeg kom til Marokko, opdagede jeg sommerdjellabaen, som vi i Marokko kalder for fuchia (i modsætning til den tykke og varme, der bæres om vinteren, der hedder sleeva). Jeg købte dengang en sommerdjellaba i Egypten og selv om jeg blev til grin blandt mine rejsefæller, opdagede jeg, hvor behagelig den var at have på i varmen. Den gav luft til de ædlere dele, så jeg undgik rødme, irritation og hudløshed. Den var let at smide i en spand vand om aftenen, vride op og hænge til tørre, så den var klar til genbrug den næste morgen. Så, som jeg tidligere har skrevet, iførerjeg mig fuchia her i Marokko, når solen bager og varmer landet op. Den har yderligere den fordel, at den begrænser solens stråler.

Jeg havde, ja jeg skriver havde en ganske udmærket hvid fuchia, som jeg sover med i varmen uden nogen form for tæppe eller andet over mig. Men i går aftes, da jeg skulle have den på, var den pist væk?! Jeg vidste at det var Jamila, der havde fjernet den; men hun ville ikke gå til bekendelse. Jeg kender imidlertid hendes berberovertro! Fuchiaen var et arvestykke fra min afdøde svoger Abdullah, som døde før jeg kom "ind i billedet." Jeg havde fået den og én mere, der også forsvandt på mystisk vis, af søsteren Essaddia.

Jeg satte mig stille ned, drak lidt te og tænkte; så sagde jeg til Jamila: "Du har fjernet den, fordi den har tilhørt Abdullah, som er død, så du er bange for, at jeg dør, hvis jeg har den på, selvom den er vasket et utal af gange; er det ikke rigtigt?" Hun indrømmede prompte, så jeg nænnede ikke at brokke mig, det var jo for min skyld, hun havde fjernet den, så da jeg gik til caféen i dag lagde jeg vejen forbi skrædderen, som ikke havde åbnet endnu, så jeg endte hos "kludehandleren" Ibrahim, som sælger overdkudsvarer fra klædefabrikkerne oppe nordpå i Marokko; nogle kan have en lille fejl.

Her ser I fuchiaen, jeg tog på til morgen!

Jeg slog en handel af med ham. Jeg fik to nye fuchiaer for 250 dirham svarende til 175 DKK; havde jeg købt dem i Agadir, var det blevet mere end det dobbelte.

I min sejltid på troperne, i et skib uden aircondition og med arbejde i en glohed maskine, lærte jeg at sluge to saltpiller hver dag for at supplere det salt, jeg svedte ud. De to piller medførte, at saltbalancen var ganske fin. Men så en dag slap pillerne op! Vi kunne ikke få flere foreløbig. Der gik bare to dage, så begyndte kramperne og ubehaget, det var ikke bare mig, der fik det sådan. Jeg saltede instinktivt maden ekstra, men det hjalp ikke rigtigt. Så nåede vi Bangkok, og da så jeg pludselig på en bar en af pigerne afmåle lidt salt på teskeen, hælde det i et glas vand og drikke det. Jeg gik over til hende og spurgte, hvor meget og hvor ofte hun gjorde det og fik en fin instruktion. Efterfølgende har jeg altid, når jeg er "på varmen" fulgt hendes råd, og det er præcis også, hvad jeg gør nu, så jeg undgår kramper og ubehag. Jamila brokker sig, for meget salt er ikke sundt.

Desuden har jeg altid en flaske med vand med mig i rygsækken. Når vi snakker om vand, er vand ikke bare vand. Meget af det vand der findes i husene i verden i dag er overfladevand, der er behandlet, konditioneret. Det vand vi har i Hay Assersif er heller ingen undtagelse. Det er ikke konditioneret med en klorforbindelse; men med trinatriumfosfat, så rent bakterie mæssigt går det at drikke det, og mange kan drikke det; men jeg kan ikke drikke det i længden: jeg får knopper på ryggen af at drikke det. Det er i orden at koge det til te og kaffe, så fordamper kemikaliet.

Den næste dag stod der på vejen hjem fra Aourir i aktaffen pludselig en gendarm ved kantstenen og vinkede os ind. Hvem var vi, og hvor skulle vi hen. Jeg fik for en gang skyld næsten ikke sagt noget; chaufføren var hurtig og sagde: "Det er min gamle ven, som jeg har lovet at køre hjem til Hay Assersif!" Gendarmen kiggede en ekstra gang. Jeg tror egentlig ikke, at han troede på det; men alligevel sagde han: "Kør nu ordentligt med ham!" Det er første gang, jeg har oplevet, at vi slap fri, selvom vi var gået i garnet. Vi skulle ikke engang vise legitimation. Jeg tror, at det betød noget, at gendarmen var alene.

I dag, til morgen kørte vi efter en skraldevogn. Skraldevognene er meget anderledes her end i Danmark. Det er en lastbil med et stort lad med en masse fibersække. Inklusiv chaufføren er der fem mand på vognen, og det har sin forklaring, for i modsætning til Danmark, hvor alle sirligt sorterer affaldet og lægger det i de rigtige rum i beholderen, er der ingen her som sorterer affaldet, alt affald (normalt ikke organisk) bliver lagt i den samme tønde.

Efterhånden som affaldet bliver samlet ind af de fire mænd, begynder de samme mænd at sortere det i diverse sække på lastbilen. Det er et system, der kræver flere hænder; men det er måske ikke så ringe endda, når man tager den større arbejdsløshed i Marokko i betragtning. Renovationssystemet er næsten nået op til os i bjergene; vi betalte, men vi blev svigtet, så vi ser tiden lidt an.

Jeg har de sidste dage skulle have haft honning, det er flydende honning, som bierne har lavet af appelsinblomster, det smager rigtig godt, og det er billigt, hvis man køber det de rigtige steder. Jeg kender en gammel honningsælger Hassan, som min leverandør hedder, han sidder på en lille plads i Aourir, hvorfra han sælger sine produkter. I dag havde han fået honning igen, så efter en omstændelig hilsen, fik jeg købt et glas til 21 DKK.

Det er Hassan I ser på efterfølgende billede, foruden honning sælger han også amlou og andre eksotiske søde produkter. Amlou er pulveriserende jordnødder iblandet enten olivenolie eller kokosolie, amlouen med kokosolien er den billige. Jeg synes næsten, at denne udgave smager bedst. Den smager næsten som vores Nutella.

Jeg kom også forbi fiskemarkedet, der giver vores danske fiskemarkeder baghjul. Der er mange sælgere og en mængde forskellige fisk.

Hassan er et prægtigt memmeske

Jeg så straks, at min lille ven Ahmed var der i dag. Han er en lille berbermand sidst i tyverne, han er der ikke altid, kun når han har fisk at sælge, han tilhører den lavere rang blandt sælgerne og får kun fisk fra fiskerne, når udbuddet er stort; men han er min ven, altid glad og imødekommende med et stort smil. Han tager heller aldrig overpris eller snyder på vægten; tværtimod får jeg ofte en fisk mere, end jeg skulle have haft.

Jeg fik et kilogram sardiner for 8,40 DKK og en babytun for 17,50 DKK.

Her er så "dagens fangst."

Hver gang jeg ser en babytun, kommer jeg til at tænke på mine ophold på den venezuelanske ø Isla Margarita, hvor jeg engang mellem Isla Margarita og los Frailes øerne på 1⁄2 time trak 19 babytun op ad havet hjulpet af en lille 12 årig dreng. Men det er en helt anden historie.

Lørdag ville jeg blive hjemme. Det vil sige, jeg ville ikke blive helt hjemme; jeg ville gå ned ad bjerget for at hente gas på en lille hjemmebygget vogn, jeg har lavet af en gammel indkøbsvogn. Jeg skulle ikke gå så langt bare en lille kilometer til vores lokale købmand

Hassan. Jeg skulle desuden have dagens ration af brød og diverse drikkelse.

Købmand Hassan var der ikke, det var Mustafa, der var i butikken. Mustafa er en ung mand, der har hjulpet Hassan i mange år. Mustafa har dog svigtet Hassan de sidste par år, da han har gået på hotel-og restaurationsskolen i Agadir. Mustafa fortalte mig, at han var færdig med uddannelsen, så jeg ønskede ham hjertelig tillykke.

Da vi snakkede om, hvor han skulle arbejde, fortalte han mig, at han ikke ville arbejde i Marokko. Han havde til min forbavselse søgt flere job i den arabiske verden. Han havde slet ikke lyst til at prøve Europa længere. Jeg har i den sidste tid hørt dette udsagn flere gange fra andre. Han håbede på et job i Dubai eller Emiraterne.

Jeg kom straks til at tænke på Valli, min svejtsiske ven, der bor på den anden side af vor lokale dal, så jeg kan kigge over til ham. Valli har helt sikkert stjernestøv i blodet, han har faret verden rundt, inden han slog sig ned med sin berberkone og deres to børn i Hay Assersif. Helt slog sig ned gjorde han ikke, for han har i en lang periode arbejdet en måned ad gangen i Svejts som finmekaniker, hvor han har boet hos sin mor. Den efterfølgende måned tilbragte han med familien i vores dal.

For et halvt år siden, da jeg mødte ham, fortalte han mig, at han havde fået et job i Dubai, som han ikke kunne sige nej til, så efter kort tid dampede hele familien til Dubai.

Endnu udsagn om at "paradiset" Europa er ved at falme. Men det er måske også godt, at få lidt balance i tingene.

Der er sikkert flere grunde til, at Europa falmer. En væsentlig grund er helt sikkert Ukrainekrigen, der gør mennesker utrygge. Hvad der sker den dag krigen stopper, kan være svært at spå om.

Da jeg traskede hjemad godt læsset med en flaske gas og en rygsæk med diverse varer, nåede jeg ikke længere end til café Assersif, hvor jeg satte mig i skyggen og bestilte en kande te.

Café Assersif ligger i bunden af Hay Assersif dalen med en flot udsigt til den anden side af dalen.

Vejen mod Paradise Valley i bunden af Hay Assersif dalen

Udsigten til den anden side af dalen.

Det ser ud som om, terrænet hæver sig fra dalbunden og hele vejen op til toppen af bjergene, men sådan er det ikke; Hay Assersif dalen er ikke bare én dal, for på den anden side af det lille bjerg eller bakke, man ser på billedet, ligger der en paralleldal.

Jeg går en gang om måneden over i denne dal for at betale vores vandregning. Det foregår i en kombineret landhandel og betalingskontor, hvor de efterhånden kender mig ret godt, på grund af at jeg ofte betaler vandet i forskud på grund af mine Europarejser.

Det mærkelige ved denne lille dal er, at man er begyndt at skabe en fremtidsby her. Der er bygget et stort kommunalt administrationshus, som ikke er taget i brug endnu. Der er bygget en skole som fungerer i bedste velgående, og der er bygget et samlingshus, som jeg ikke ved, hvor meget de bruger. Bjergvejen forbi bygningerne er cementeret, så alt står prægtigt og fint og vidner om det Marokko, som kong Mohamed VI ønsker, det skal være, også langt ude på landet. Byen, stedet, vidner om fremtidens Marokko.

Så kom dagen, hvor jeg skal til at betale vandregningen, så lad os bevæge os af sted, med lidt vand i flasken.

Vi skal først helt ned i dalen til oaken (den udtørrede flod), hvor der kun løber vand, når det regner i november og december. Derefter skal vi op ad bjergvejen i det fjerne og ned i dalen på den anden side.

Så nu nåede vi næsten toppen.

Forrige side. Fra toppen kan vi kigge ned i den næste dal, "fremtidsdalen."

Her i "fremtidsdalen" har vi det kommunale administrationshus. Den lille bygning lige ved siden af er samlinfgshuset.

På næste side ses skolen, som ligger længere nede ad vejen.

Her er så den blandede landhandel, hvor jeg betalte vores vandregning

Alt i alt vidner disse tiltag om, hvor stærkt det går i Marokko i disse år. Når jeg ser skolen og den kommunale administrationsbygning, skulle det ikke undre mig, om der inden længe også bliver bygget et petit l'hopital - et lille hospital, som tager sig af konsultation, akutte tilfælde og kontrol af sygdomme, inklusiv kontrol af gravide kvinder og vaccinationer.

På vej tilbage til Hay Assersif dalen

Vi havde et sådant gammelt, lille hospital i Aourir, hvor jeg fik tre af mine corona vaccinationer. Det er lige blevet revet ned, og næsten inden nedrivningen var færdig, begyndte man at støbe fundamentet til et lille nyt, moderne hospital. Det kribler i fingrene på mig, som for mange år siden, da jeg arbejdede som maskinmester på Kalundborg Sygehus, stod for opretning og indretning af et nyt jordemodercenter og senere repræsenterede bygherren ved opførelsen af den, dengang nye skadestue-modtagelse.

Det nye, lille hospital i Aourir efter 14 dages byggeri

Mit hoved kunne ikke slippe dagens indtryk, så mens jeg sad på min yndlingsplads på husets tag i Hay Assersif og nød fuldmånens magiske lys over bjergene, tænkte jeg på alt det, der var blevet sat i gang og udført i Marokko, mens jeg har opholdt mig her.

Et yderst særpræget projekt er et fantastisk ørkenanlæg, der består af flere rækker af hulspejle, der hver især samler solens stråler og sender strålerne mod et fælles punkt, hvorved vand bliver opvarmet, fordampet og overhedet. Den overhedede damp driver en turbine med tilkoblet generator, der leverer strøm til det marokkanske elnet.

Der er indviet og bliver også indviet "traditionelle solcelleanlæg."

Den marokkanske regering er også klar over, at vand kan blive en mangelvare, så der er blevet gjort meget for at samle vand. Et rigtig godt eksempel er de store samlingsbassiner, vi har syd for Agadir, som forsyner hele Agadir og omegn med vand, inklusiv os.

Der bliver systematisk gravet dybe brønde, hvorfra man henter vandet op; 80 meter er ikke usædvanligt. Man kan altid se, hvor disse brønde befinder sig på grund af det tilhørende vandtårn.

Store afsaltningsanlæg, der afsalter havvandet er heller ingen undtagelse, jeg har på TV set, kongen indvie sådan et anlæg.

Alt i alt er Marokko et land med mange naturrigdomme og potentialer. Middelhavet og Atlanterhavet ej at forglemme! Se kortet på side 11! Her er store fiskeforekomster, til gavn for den marokkanske befolkning og til eksport.

Når man flyver til og fra Agadir i dagslys, ser man store, blanke områder på jorden. Det er drivhuse og plastikoverdækkede områder til fremme for planters vækst. Her er ingen stilstandsperiode, her dyrkes og høstes året igennem.

Jamila kaldte: ”Pål kom nu ned fra det tag, vi skal snart i seng!” Jeg rejste mig og bevægede mig ind i huset. Mens jeg lå jeg i sengen i soveværelset på den mellemste etage og ventede på Jamila, faldt jeg i søvn.

Jordskælv

Da den store, gale smed inde i bjerget vågnede op fra sin døs,
begyndte han at slå løs!

Han ramte alt hvad han kunne nå,
som I desværre lige så!

Han slog alt itu!
I et og nu!

Der hvor han ikke kunne nå, gav huse og veje
sig til at svaje,

så folk forlod deres huse
uden skjorte og bluse!

Jeg blev brat vækket af søvnen! Det bankede og svajede og huset knagede. Jeg lå helt stille; jeg vidste, det var et jordskælv. Tusinde tanker fløj gennem mit hoved! Hvornår holder det op? Er der noget, der er faldet sammen, hvor er Jamila? Hvordan kommer vi ud?

Jeg så på uret; tidspunktet den 08/09 (2023) klokken 23.08 brændte sig fast i min hukommelse.

Pludselig blev der stille igen, og i det samme kom Jamila og råbte: "Ud, ud!" Jeg var allerede på vej ud af sengen, så vi skyndte os begge to ud i salonen, hvor jeg hurtigt fik fat på min nødrygsæk, som jeg altid har klar. Den indeholder pas, nødvendige, personlige papirer, lidt skiftetøj, betalingskort og min medicin. Jamila havde allerede taget sin taske med tilsvarende indhold fra et skab i soveværelset.

Vi kom heldigvis godt ud af huset, selvom strømmen var gået, og vi ikke havde lys. Som sagt, grejet står altid klart, så vi kan tage det i mørke. Det er noget vi har lært efter "vores jordskælvsperiode" i Hassania.

Da alle naboer var kommet ud, satte vi os i behørig afstand af husene; situationen var rolig. Alle vidste, at der kunne komme et skælv mere, så vi væbnede os med tålmodighed og småsnakkede lidt.

Mens vi sad der, og jeg så vores sammenbyggede huse i silhuet, vidste jeg på én gang, hvorfor de er sammenbyggede! Det ene hus støtter konstruktionsmæssigt det andet, det er rigtigt smart i en situation som denne!

Strømmen kom tilbage, og nogle kommunikerede med deres slægtninge. Svarene var både positive og negative, nogle steder var det gået godt, andre steder var det gået galt. Det kendetegner berberne, der skal meget til at vælte dem, så alt forløb stadig roligt.

Det blev til meget af natten udenfor; jeg sov til sidst på to stole; sad på den ene og hvilede benene på den anden. Jeg blev dog vækket af Jamila, som foreslog, at vi kunne sove lige inden for den åbne hoveddør, så det blev sådan!

Her lørdag morgen konstaterer jeg, at vores landsby Hay Assersif heldigvis virker intakt, ligesom Aourir, byen ved havet, også gør det.

Jeg ser på TV, at jordskælvet har haft en styrke på 6,8 på Richter skalaen med et epicenter cirka 70 km syd for Marrakech, ikke mere end et par hundrede kilometer fra os.

Det er forfærdeligt at se alle de skader, der er i Marrakech og omegn, og så er der endda flere små bjergbyer, redningsfolkene ikke er kommet frem til endnu. Vi er de små i det spil, det er enorme kræfter!

Vi vil ikke lyve for os selv; vi ved erfaringsmæssigt, at der kan komme flere jordskælv inden for de næste dage, så vi må agere derefter. I Hassania nåede vi at tælle fem jordskælv.

Klokken nærmer sig 19.30, og vi er begyndt at gøre klar til natten. Jeg har aldrig kunnet lide at tage unødige chancer, så jeg har gjort en seng klar lige ved siden af hoveddøren, som hverken skal låses eller lukkes; den skal stå på klem! Jeg har talt skridt, og jeg ved hvordan, jeg skal komme ud, hvis huset skulle blive beskadiget og strømmen samtidig skulle blive afbrudt. Naboen Mohamed har berettet, at han vil sidde udenfor og sove i en stol i nat. Det er bare Jamila, der er overmodig, hun vil sove ovenpå som sædvanlig; men hun er jo også ung og adræt, så hun kan komme ned og ud, selvom trappen eller dele af trappen skulle forsvinde. Hun springer i bjergene som en ged uden at være bange, hun har vogtet får og geder dér, fra hun var en lille pige. Jeg er en stor, tung, gammel mand, der aldrig har vogtet får og geder i bjergene. Jeg har også rygsækken, den samme som jeg tog fra "beredskabet" i går, stående ved min side.

Natten forløb heldigvis uden yderligere skælv, det eneste der larmede var Jamila, der havde fået kolde fødder og ikke ville sove inde i soveværelset alligevel. Men da hun er en stolt berber, kom hun ikke ned til mig i underetagen; men indrettede et leje udenfor soveværelset lige ved trappen, så hun i givet fald kunne smutte hurtigt ud.

Selvom natten er forløbet fint, er det triste nyheder, der møder mig til morgen i dag den 10/9; mere end 2000 mennesker er meldt døde, mange er skadet og mange, mange hjem er knuste.

Jeg har også lige fået at vide af min ven Said, som bor på den anden side af vores bjerg i Hafsi, hvor jeg har mit, værksted, atelier og min lille lejlighed, at de i Hafsi desværre ikke er sluppet så let som os i Hay Assersif. Der er flere mindre skader; mit lejemål skulle stadig være uskadt ifølge min ven og underbo Hassan. Jeg må se at komme derover og selv besigtige forholdene, når der forhåbentlig, inden længe kommer lidt ro på det hele.

Jeg var klar over, da jeg kom ned til min café i handelsbyen Aourir i går, at der kunne blive problemer med at købe ind på grund af nattens jordskælv.

Der var som forventet kun ganske få mennesker i den ellers så travle by. Folk var blevet hjemme for at slikke deres sår og kigge efter hjemmet. Der var heller ikke mange forretninger, der var åbne. Ejerne var blevet hjemme for at se situationen i hjemmet an og forventede vel også kun et fåtal af kunder. Jeg var heldig; jeg kunne købe brød på en lille café, godt nok til overpris, da brødsælgerne ikke havde noget. Nattens bagere havde kun fået bagt meget lidt på grund af skælvet.

Idag, andendagen er der stadig rationering på brødet. Jeg lavede en aftale med min brødsælger, da jeg arriverede til Aourir. Han skulle reservere fire brød til mig, når han fik nogen. Han havde kun modtaget ganske få; men have reserveret fire brød til mig. Da Aourir stadig er en skygge af sig selv, var der færre købmænd end i går, der havde åbent; men jeg behøvede bare at købe noget yogurt lignende drikkelse og æggene fandt jeg hos min honning mand Hassan, der emballerede dem i høvlspåner. Hvilket Jamila brokkede sig over, da jeg kom hjem. Jeg spurgte hende derfor, om hun ville have æg eller ej, da det kun havde været muligt for mig at få æggene i høvlspånerne.

Det gik pludselig op for mig, at hun ikke fatter situationens alvor; Marokko er i en undtagelsestilstand, hvor foruden den menneskelige tragedie, produktionen af varer og distributionen af de samme varer foregår efter et sparsomt mønster. Vi skal indstille os på, at vi ikke bare kan få det, vi vil have det næste stykke tid, også selvom vi har penge.

Jeg vil se, om jeg kan komme til Danmark og Sverige om 12 dage, hvor jeg har nogle forskellige aftaler, møder og aktiviteter. Jamila vil stadig ikke med. Jeg har derfor foreslået hende at tage til søster Essaddia i Tamraght, der har et gammeldags marokkansk hus, bestående af fire længer med en patio (lille plads) i midten. Det er et hus, der er praktisk i jordskælvs tider. Men det vil hun ikke! Jeg kan jo ikke hekse, så jeg må bare håbe på det bedste.

Til venstre i billedet på forrige side kan I se murbrokkerne fra en af de få mure, der ikke klarede skælvet i Hafsi.

Natten blev igen tilbragt bag ved hoveddøren, selvom jeg læste, at man ikke forventer flere skælv. Natten forløb da også godt, uden at smeden med den store forhammer vækkede os.

I dag til morgen den 11/09 har Jamila og jeg derfor sænket vores beredskab til næsten det normale.

Jeg skyndte mig allerede klokken 10 over til Hafsi, som jeg fortalte om i går, for at inspicere. Det var heldigvis meget bedre, end jeg havde turde håbe på efter Saids udsagn. Der var kun meget få skader, et par gamle mure, hvor stenene var trillet ned. Jeg så også en indgang til et hus, hvor man havde monteret et interimistisk dørparti. Der kan godt have været flere småskader; jeg var ikke hele området igennem. Mit værksted, atelier og lejlighed var intakte, omend der var kommet nogle revner. Jeg fortsatte derefter ned til café Inou i Aourir for at overholde det daglige ritual.

Tro det eller ej i skrivende stund klokken 10.50, hvor jeg sidder udenfor caféen, mærker jeg mini rystelser, en enkelt rejser sig og går, andre bliver siddende og lader som ingenting, inklusiv mig selv. Jeg har læst, at disse mini rystelser kan blive ved i noget tid og ved det også fra vores tid i Hassania, hvor der gik nogle uger før vi var rystefrie.

Jeg har spekuleret meget på husbyggeriet i Marokko. Det er store tunge betonhuse, der bliver bygget, velsagtens fordi det er let og ikke kræver den store ekspertise; man skal kunne blande beton, man skal kunne mure lidt, man skal kunne binde jern og man skal kunne støbe. Der skal nytænkning til, der skal bygges lette flexible huse, der bedre kan klare rystelser; jeg ser en del af disse huse, når jeg er i Sverige, de kunne sagtens blive modificerede modeller for huse her i Marokko;

problemet er bare, at det kræver en større ekspertise at bygge dem. Men da dette jordskælv næppe bliver det sidste, er det værd at tænke over; det vil kunne spare mange menneskeliv, når der bliver dunket med den store hammer.

Vi gør os klar til en nat mere og vil sove under så normale forhold som muligt. Jeg nægter dog at lægge mig i sengen i vores soveværelse på første sal, mindet om smeden med den store hammer er stadig alt for stærkt. Jeg har vist fået en fobi. Jeg har i stedet valgt, at jeg vil sove i et af gæsteværelserne i stueetagen kun med nattøjet på; det bliver skønt ikke at skulle sove med alt tøjet på. Jamila kan ikke helt bestemme sig; hun ved ikke helt, hvor hun vil sove.

Nu håber og beder vi bare om en rolig nat uden ødelæggelse og bankeri.

Inden vi begyndte på senge forberedelserne, fik vi besøg af min nevø Talal. Jamila siger, at hun ikke har nogle børn; men det er nu ikke helt rigtigt. Hun har Talal! Som hun har opflasket fra ganske lille og pusset, nusset og plejet, så der er et meget nært forhold mellem de to. Der gik et par år, før jeg fattede de stærke bånd!

Talal arbejder i turistindustrien og er ansat på et meget stort all inclusive hotel. Han fortalte, hvordan hotellet havde været propfyldt umiddelbart inden jordskælvet; men nu var der så at sige ingen turister tilbage. Det er forståeligt; men trist for Marokko; det gamle ordsprog: "En ulykke kommer sjældent alene!" er evigt gyldigt.

Vi sov en halv time mere, end vi plejer i dag den 12/09; det var gode tegn, for natten var gået stille og roligt uden bankeri. Det er trist at læse, at dødstallet nu har oversteget 2.800, jeg gad nok vide, hvor vi ender?

Midt i tragedien fryder det mig, så organisatoriske mange mennesker er her. Der er allerede lavet netværk, hvor der systematisk tilbydes hjælp til næsten alt, man kan også selv tilslutte sig netværket, hvis der er noget man er god til.

Da jeg forlod caféen, fængede reportagen på TV mig i uhyggelig grad. Jeg blev så berørt af al den elendighed, jeg så med sammenstyrtede, totalt udraderede huse, hvorfra livløse mennesker blev båret ud; jeg glemte at betale for min te. Jeg nåede et lille stykke op i Aourir, før jeg kom i tanker om det, så jeg skyndte mig tilbage for at rette fejlen.

Det er stadigvæk nemt at komme over vejen i Aourir, hvor det normalt er ganske svært. Her er ikke mennesketomt, det bliver her sikkert heller aldrig, men menneskemyldret er væk.

Jeg ser her og der en ny slags turister, end dem der lige har forladt all inclusive hotellerne. De nye turister har rygsæk på og skal sandsynligvis videre over i bjergene for at se og opleve tragedien. Jeg må konstatere, at der er meget forskel på det, mine medmennesker ønsker at opleve. Dem, der lige har forladt os, havde ønsker om sol, hav, mad og drikke i luksus omgivelser. De nye, der er ankommet, er ikke interesseret i luksus eller i all inclusive hoteller, de vil opleve den dystre verden på egen hånd.

Vi gik til køjs som planlagt og alt åndede fred og ro! Den 13/7 lige over midnat, hørte jeg et ordentligt bump og frygtede det værste, nerverne sad uden på nattøjet. Hvad var dog det? Heldigvis blev bumpet efterfulgt af en skrabende lyd; det var en sofa, der blev flyttet. Jeg vidste med ét, at det var Jamila, der havde fået kolde fødder og ikke turde sove i soveværelset længere, men ville igen sove i salonen udenfor tæt ved trappen, så hun havde flyttet en af sofaerne helt over til trappen. Efter at jeg havde brokket mig over at blive vækket med bulder og brag, var jeg alligevel lykkelig over, at det bare var Jamila, der havde rumsteret, så vi gik i seng igen. Jamila på hendes interimistiske leje nær trappen og jeg i gæsteværelset. Resten af natten var fredelig.

Vi kunne se fra vores tagterrasse, at vores onsdags souk (marked tæt ved, hvor vi bor) var reduceret velsagtens på grund af jordskælvet. Vi diskuterede derfor over morgenmaden, om jeg skulle gå derovre; vi manglede ikke så meget, så resultatet blev at jeg tog ned til Aourir, hvor der er en alternativ mini souk hver onsdag.

Der er flere grunde til, at denne souk eksisterer. På den store souk oppe ved os, kan man ikke købe levende dyr; dem må man købe på mini souken i Aourir.

Desuden er der flere sælgere, der ikke har bil eller andre transportmuligheder, så det er meget nemmere for dem at komme til Aourir, brede et klæde ud på fortovet eller på den lille plads, for at faldbyde deres varer på den måde.

Her er der dog en som har en bil, fyldet med tiomater.

Der var kun høns, haner og kalkuner til salg i dag. Der sælges ofte også kaniner, geder og får.

Billederne viser lidt af de grøntsager og urter der sælges, direkte i gadeplan.

Fjernsynet kører ikke på caféen i dag; nyhedsstrømmen om jordskælvet er blevet mindre. Men jeg ser i Morocco World News, at vores konge Mohamed VI, har været på besøg på det store hospital i Marrakech, hvor han har besøgt ofre fra jordskælvet og afleveret en portion blod. Igen et bevis på hans levende, positive engagement i den marokkanske befolkning.

Men jeg må hellere se at få drukket min te, så jeg kan komme videre i dagens program.

Det nåede at blive aften, og vi har lige haft besøg af søster Habiba; det er hende, der er ugift og midt i fyrrerne; men stadig særdeles attraktiv. Hun bor alene i det fædrene hjem oppe i Asrn bjergene.

Hun var stadig rimelig rystet over mødet med smeden med den store hammer og fortalte om, hvordan han havde banket løs på det fædrene hjem, så alting blafrede, men alligevel holdt det. Hun havde tilbragt natten alene udenfor, og hun havde sovet det, hun kunne i behørig afstand af husene. Hun havde haft maveproblemer næsten lige siden, det var først i dag, at det føltes bedre.

Jeg skal gå med listesko når der drejer sig om Habiba. Jamila vil gerne gøre alting så godt som muligt for søsteren. Når det drejer sig om fødevarer, holder jeg mig helt udenfor. Når det er andre ting, som for eksempel sengen, jeg lige har lavet til Habiba og de gamle sofaer, hun skal have, er jeg nødt til at tage del i det. Men pludselig som lyn fra en klar himmel, kan Jamila blive jaloux, som da jeg kom med madrassen til Habibas seng. Jeg kan ikke udelukke, at jeg har følelser for Habiba; men må erkende i mit stille sind, at det ikke går med to koner og slet ikke to søstre. Jeg er jo også en gammel dreng.

Jeg lagde mig igen i gæsteværelset og frygtede det værste, det var jo stadig den 13ende! Jamila lagde sig i sin sædvanlige seng, hvor jeg tror, hun har tilbragt hele natten; jeg hørte i hvert fald ingen bulder og brag. Da jeg ville lukke døren til gæsteværelset, opdagede jeg, at den ikke kunne lukkes? Jeg kiggede efter og kunne se, at dørkarmen med hængslerne var kommet ud af lod; jeg kunne også se, at der langs med karmen var murpuds, så nu vi har vi et minde om jordskælvet; men det skulle ikke undre mig, om der kommer flere hen ad vejen.

Vores forbrugsvand blev lukket for natten, hvilket jeg godt forstår, da jordskælvet har forårsaget utætheder i rørsystemet ude i jorden. Det gælder om at begrænse vandforbruget med den natlige lukning. Erfaringsmæssigt ved jeg også, at de er hurtige til at finde fejlene og reparere dem.

Selvom det er moderne plastrør, der ligger overalt, brister de en gang imellem på grund af de barske jordbundsforhold, så alene af den grund har det været svært at modstå jordskælvet.

Jeg kiggede på mit armbåndsur! Åhh! Det var over midnat; det var blevet den 14/9, hvilken lettelse! Det kan godt være lidt svært ikke at være overtroisk, så jeg lagde mig mageligt til rette i sengen og sov godt trods den åbne dør.

Den 15/9 fornemmede jeg, at frygten var blevet dæmpet, og situationen med alle de omkomne og skadede, om end den ikke var under kontrol, forløb efter planen, så da jeg gik i min sædvanlige seng inde i soveværelset om aftenen, var det næsten med ro i sindet. Jamila ville alligevel ikke ind i hendes seng i soveværelset; men det må jeg acceptere; hun skal have lov til at pleje sin fobi.

Midt på den mørke nat for jeg op! Hvad var nu det? Et eller andet bed eller rettere stak mig i min venstre hæl. Jeg har prøvet det før, altid i fødderne, det føles som et bistik! Jeg undersøgte igen tæpper og lagner, der var ingenting, det var det samme mønster som tidligere. Det prikker normalt en dags tid; men forsvinder igen, bare møg irriterende! Jeg blev nødt til at stå op og gik en runde, det stak for meget.

Da jeg kiggede på vores malede vægge i natlampernes skær, så jeg pludselig små revner i væggen. Jeg konstaterede, at de var nye. De kommer åbenbart ikke på én gang; men kommer snigende. Gad vide hvor mange af den slags, vi skal til at døje med, og gad vide hvor store de bliver? Jeg tog et billede af en af revnerne i nederste plan , som I ser på næste side. Den var svær at fortografere; men jeg håber alligevel, at I kan se revnen i midten af billedet. Den er desværre ret lang, den er længere end billedet viser.

Men ikke nok med det, da jeg ville benytte toilettet på den midterste etage, som jeg normalt ikke bruger, opdagede jeg, at døren var svær at lukke? Ved nærmere eftersyn var karmen til denne dør også kommet ud af lod! Nu tænker jeg så på, hvad der bliver det næste, der er slået skævt?!

Efter ½ time med lidt natmad og en smertestillende tablet, sov jeg til den lyse morgen uden at drømme om småskaderne, tværtimod er vi begge uendelig, taknemmelige for, at vi klarede skælvet så godt!

Det nåede, at blive den 16/9 og det lykkedes mig at få fat på Rachid og en medhjælper Ahmed. Det var i dag, vi skulle have alt grejet ud til Habiba i Asrn bjergene. Der var sengen, jeg havde lavet, inklusiv madrassen, jeg havde købt og de gamle sofaer med hynder, det fyldte hele den lille lastbil, der var læs over taget.

Jeg havde ikke været i Asrn længe og frygtede det udtørrede flodleje, oaken, hvilket jeg ikke havde behøvet, for der var bygget en sprit ny bro, som vi strøg hen over.

Efter kørsel på nogle besværlige bjergveje nåede vi frem til Habiba, der strålede som en lille sol, mens vi læssede det hele af. Hun tog del i aflæsningen og knoklede med madrasser og sofaer.

På vejen hjem til Hay Assersif, kom Rachid og jeg til at tale om verdenssituationen. Jeg spurgte Rachid direkte om, hvem der vandt krigen, underforstået mellem Rusland og deres allierede og Ukraine og deres allierede? Han vidste ikke rigtigt, hvordan det ville gå, og mens han tyggede lidt på spørgsmålet, sagde jeg: "Det bliver hverken Rusland eller Ukraine eller nogle af deres allierede! Det bliver dem, der står i kulissen og skummer fløden, mens de ser på, hvordan de stridende parter slider sig selv op, samtidig med at de tjener på alle de varer, de sælger til dem.

De øger deres indflydelse på alle områder: Økonomi, ideologi, teknologi, industri og velstand. De buldrer derudaf i hele Sydøstasien, naturligvis inklusiv Kina; godt hjulpet af de rige arabiske stater."

Jeg havde lyttet godt til den gamle hippiemand, så jeg fortsatte: "Det bliver mærkeligt for Europa, at havne på en anden eller tredje plads. Det bliver mærkeligt ikke at skulle brokke sig over flygtninge strømmen; det bliver mærkeligt selv at skulle lave alt det smudsige arbejde: det bliver mærkeligt at blive en mindre tunge på vægtskålen i verden!"

Rachid, der er perleven med min ven, filosoffen Soufiane, er heller ikke uden evner i det filosofiske og tænker meget over tilværelsen. Han kiggede på mig, hvorefter han sagde: "Så galt går det ikke Pål! For I europæere har noget, som mange af os andre mangler. I har evnen og traditionen til at planlægge for fremtiden; I er gode til at tage højde for uforsete hændelser!"

Jeg tyggede lidt på det, han havde sagt og med mine rejser rundt i verden som ballast, måtte jeg give ham ret! Så gamle Europa, du er reddet endnu engang!

Rachid har også en anden kæphest, som han ofte bringer på bane. Det skete også nu, mens vi rumlede afsted i den lille lastbil. "Pål, det er en fejlopfattelse, at verden betragter mange terrorister som muslimer! En terrorist kan ikke være religiøs, hverken muslim eller kristen eller have en anden religion. Hvis man er terrorist, kan man ikke overholde, hverken det der står i Bibelen eller i Koranen!" sagde han. Han fortsatte med at berette specifikt, hvad der stod i de hellige bøger og sluttede af med at sige: ”Pål kan du ikke prøve at forklare dem det i Europa, Danmark og Sverige og hvor du ellers kommer." Jeg lovede naturligvis Rachid at hjælpe med at videreformidle budskabet endnu engang!

Det er efterhånden nået at blive den 17/9 og tilstanden er så afklaret, at det er tilladt at joke lidt igen. Da de fleste marokkanerne elsker jokes, havde jeg en i ærmet, da jeg steg ind i aktaffen, der skulle køre mig ned til Aourir. Det var en forholdsvis ny chauffør, som så ud til at være vaks, også til spøg og skræmt.

Da hans gamle bil havde en stjernet forrude (sandsynligvis stenslag), sagde jeg til ham: "Nå, du har nok været i Sverige!" Først kiggede han mærkeligt på mig, hvorefter han slog en skralder latter op og sagde: "Ja, jeg var i Stockholm i nat, bang, bang!" Det kom lidt bag på mig, at han fattede vitsen så hurtigt, men igen et bevis på hvor hurtigt nyhedsformidlingen fungerer i vores nye lille verden.

Der er nu gået nogle dage, siden det tragiske jordskælv væltede store dele af Marokko.

Vi må konstatere, at vi nu har to indvensige døre i vores hus, hvor bagkarmen er blevet slået skæv, så dørene ikke kan lukkes. De revner vi konstaterede i køkkenvæggen er, som forventet, blevet større både i længde og i bredde. Vi håber bare på, at der ikke kommer flere.

Der er endvidere svært at få visse varer i vores handelsby Aourir. De forretninger, der normalt bugner af varer, er blevet noget slatne. Jeg aner ikke, om det er på grund af ødelagte veje, fabrikker der er lukkede, manglende arbejdskraft eller måske en kombination af det hele. Vi må væbne os med tålmodighed, se tiden an og købe alternative varer.

Vi sover heller ikke særlig godt. Vi vågner begge et utal af gange om natten, vender og drejer os i sved, mens vi har den store smed og hans hammer i vores tanker. Jeg har det ligesom dengang, vi kuldsejlede med et skib i Biscayen, og vi måtte søge nødhavn i A Coruña. Selvom det dengang ikke var den store smed med hammeren; men vand, vand og atter vand der fossede ind, er følelsen og fornemmelsen den samme. Jeg har heldigvis nogle gode psykologiske kurser som ballast. Kurser som min gamle arbejdsplads Asnæsværket spenderede på mig, så jeg havde mulighed for at støtte mine medarbejdere i krisesituationer. De værktøjer fra dengang har hjulpet mig flere gange i mit liv, så de må lidt i brug igen.

Det nåede at blive den 19/9. Da jeg kom hjem fra caférn klokken cirka 13.30 og havde spist nogle kyllingerester fra i går samt fortæret en skål af Jamilas frugtis, lagde jeg mig på sofaen på den øverste etage og kiggede op i loftet. Lige inden øjnene gled i, blev jeg opmærksom på en stribe i loftet; det var endnu en revne, der havde set dagens lys! Mens jeg ræsonnerede, at det ikke kunne være anderledes, kom Jamila slæbende med en gammel taske fra en indkøbsvogn, hun havde trukket ud af opbevaringsrummet. Da Jamila spurgte om, vi ikke skulle skrotte den, og jeg svarede, at det havde vi bestemt for lang tid siden, vendte hun i det samme bunden i vejret på den og sprang prompte tilbage! Hvad var dog det?! Mere end 10 små skorpionunger, suste rundt på gulvet!

Jagtinstinktet blev hurtigt tændt i Jamila, som indhentede den ene efter den anden, hvorefter de måtte lade livet.

Da hun dryssede insektpulver ind i tasken, kom der endnu et par stykker væltede ud, som fik den samme tur.

Jeg mener at vide, at skorpioner føder levende unger, så muligheden for at de er født i tasken er til stede, så nu er spørgsmålene bare: Hvor er deres mor? Og hvordan er hun kommet op i en taske på øverste sal for at føde dem? Det er ikke så rart at vide, at hun er på fri fod!

Mens jeg skrev siddende på taget, har jeg ind imellem kigget på nabohusene og opdaget en kæmpe revne på toppen af et af husene, det skal indskydes, at byggeriet af huset ikke er i top; men alligevel.

Jeg tror, at selvom vi er sluppet nådigt uden kropslige skader, lever og har vores hjem og ejendele i behold, skal nogle af os nok indstille os på kommende reparationer af vores huse.

Det er i morgen aften, om alt går vel, jeg vil starte min rejse til Danmark og Sverige, så jeg tager over til lejligheden i Hafsi, inden det bliver mørkt og sover lidt, inden min underbo Hassan eller hans bror Abul Kerem, kører mig til lufthavnen i Agadir klokken tre, så jeg kan være der klokken fire; tre timer før vi skal flyve til Bordeaux i Frankrig. Fra Bordeaux går turen efter nogle få timer til Kastrup, hvor jeg gerne skulle være klokken halv fem om eftermiddagen.

Det bliver en hård omgang. De seks uger, jeg normalt har til rådighed i de nordiske lande, er blevet skåret ned til to uger, da Jamila nødigt vil slippe mig i den nuværende situation. Det er ikke sådan at være bange. Jeg bliver istedet for nødt til at korrigere opholdet ved det næste besøg i Danmark og Sverige.

Jeg føler mig ærligt talt fej, jeg har garanteret Jamila, at der ikke vil komme flere jordskælv her og nu. "Det vil vare meget længe, inden der kommer et igen," har jeg forklaret hende. Jeg kan lige så lidt udtale mig om kommende jordskælv, som min far kunne udtale sig om atombomber, da han for mange år siden garanterede mig, at der ikke ville blive sprunget flere. Han må have haft den samme usle følelse dengang, som jeg har lige nu.

Så nåede jeg Agadir lufthavn og sidder nu og venter på boarding om cirka halvanden time. Jeg fik at vide i går, at all inclusive turisterne er vendt tilbage til hotellerne i Agadir og omegn. Men til trods for dette opdagede jeg, at folk er meget mere berørte af jordskælvet end jeg havde forventet. Da jeg besøgte en god ven i går, var snakken udelukkende om jordskælvet. Hans forældre har et landsted lidt inde i landet herfra. Deres bygninger havde holdt til hammerslagene, mens deres nabos huse var sunket i grus. Min vens kone, der normalt er en sprudlende ung kvinde og mor til tre små poder, to piger og en dreng, lå på sofaen og kiggede op i loftet? Da jeg spurgte, om hun var syg, fik jeg at vide, at hun ikke havde det så godt efter jordskælvet, hun var både bange og ked af det.

Det er meget mærkeligt, noget af det første, jeg blev præsenteret for, da jeg kom til Norden, var det store jordskred oppe nord for Göteborg i Scverige; det ligner grangiveligt jordskælvsskader; men det er heldigvis meget begrænset. Jeg må endnu engang passe på ikke at blive paranoid!

Vest-Sahara

Tilbage i Marokko, sad jeg igen på min yndlingsplads på husets flade tag i månens skær. Mine tanker kredsede om de "sociale retfærdige medborgere" i Danmark som siger: "Besøg ikke Marokko, for de har annekteret Vest-Sahara!" De har sandsynligvid aldrig været i Marokko på grund af deres holdning, og de har af samme grund aldrig besøgt Vest-Sahara. Men udtale sig om forholdene, det kan de!

Jeg er heller ikke i tvivl om, at ders udsagn skyldes FN's "tildeling" af området til Polisario og ikke til kongeriget Marokko.

Hvis vi har den holdning, er der ikke mange lande, vi kan besøge og holde ferie i. Mange af alverdens lande har eller har haft kolonier og områder, de håndhæver eller håndhævede retten til, og sociale tilstande, som vi ikke samtykker med.

Dernæst bør man også vurdere, om den eller de tilstande, der hersker i et område med dets nuværende styre, er bedre end det ville have været med et andet, indsat styre. "Den bedrevidende verdens," magthavere har altid delt verden op i forbindelse med højtidelige konventioner og højtidelige aftaler, og se hvad der er kommet ud af opdelingerne i Nordafrika og andre steder efter 2. Verdenskrig?!

Velvidende, at det blev bestemt af FN i 1975, at Vest Sahara skulle være en saharawistisk stat, med et saharswistisk styre, tillader jeg mig alligevel at grave i forholdene.

Jeg brænder efter at få belyst en række spørgsmål: Har der nogensinde været en samlet stat i området? Hvordan er befolkningen sammensat? Har området været beboet i sin helhed eller kun på specifikke steder? Hvordan forholder det sig med kultur og sprog?

Jeg spekulerer over, hvordan jeg bedst får oplysninger om disse forhold. Danske tekster er noget sparsomme; jeg fornemmer, at franske og engelske beskrivelser er de mest fyldige. Jeg vil også i vid udstrækning trække på mine venners udsagn. Historikeren må vide en masse om forholdene, og juristen må også vide en del.

Min historiske ven har ikke holdt sig tilbage ligesom juristen også har givet sit bidrag; hvis jeg skrev alt direkte ned, ville det fylde en lille bog. Så hvad gør jeg? Jeg forsøger at lave et relevant sammendrag af det hele.

Vest Sahara var for ikke så forfærdelig mange år siden i historisk tid, 500 år før vores tidsregning ikke en ørken; men et savanneområde med nomader og deres græssende kvæg. Området var ikke en nation og har aldrig været en nation. Det bestod af stammesamfund, fønikere og senere af romere.

Fønikerne var der allerede i det 5. århundrede før vor tidsregning; de har formodentlig haft kolonier ved kysten, ligesom også romerne havde det senere. Der kom en arabisk invasion vestfra i det 8. århundrede, som medførte, at områdets beboere blev muslimske, og at området samtidig blev præget af arabisk kultur. Området blev, som årene gik, mere og mere forvandlet til en ørken. Det endte med den ørken, vi ser i dag. Følgerne blev et lavt udviklet område, selvom der også gennem årene har været ruter for ørken karavaner fra Afrika til Nordafrika gennem området.

Det 11. århundrede gik med en del krige mellem befolkningen i området og stammer fra tilstødende områder. I 1884 satte Spanien sig på en stor del af Vest-Sahara. I 1958 udvidede de og bandt de besatte områder sammen, så det blev til Spansk-Vest-Sahara - Rio del Oro.

Polisario, bevægelsen til fremme af en Saharawi stat blev dannet af studenter og gamle soldater fra den spanske hær i Vest Sahara i 1973. Algeriet, som er Marokkos gamle arvefjende, havde angiveligt en finger med i spillet og sponsorerer løbende Polisario.

I slutningen af 1975 holdt Spanien møder med Polisarios leder for at forhandle om betingelser af en overdragelse af Vest-Sahara til Polisario. Næsten samtidig begyndte Marokko og Mauretanien at røre på sig og gjorde Spanien opmærksom på, at Vest Sahara var en historisk del af deres territorier. Se kortet side 11.

Det var i virkeligheden ikke folket, der blev hørt, det var kun Polisario! Oprørsbevægelsen! På grund af dens markering. Det er der ikke så mange, der tænker over!

Det skal indskydes, at de berbere, der oprindelig beboede Vest-Sahara med tiden, blev blandet med stammer fra omkringliggende områder, og resultatet blev det Saharawi folk, vi ser i dag.

Marokko bragte sagen for FN, med den begrundelse, at området retteligt tilhørte dem på grund af, at (berber) befolkningen havde bånd til Marokko; FN kom til den konklusion, at selvom der var bånd til Marokko, var de utilstrækkelige, så da Vest-Sahara var et land, der ikke var ejet af nogen, skulle landet tilhøre dets beboere; da der ikke var andre end Polisario til at danne en regering, skulle Polisario gøre dette, basta!

Mauretanien gav ret hurtigt op, da problemerne opstod.

I november samme år, marcherede 300.000 ubevæbnede marokkanere ind i Sahara og krydsende Vest Sahara på et vink fra kong Hassan II. Det er denne march, der kendt som Den Grønne March.

Marokko annekterede derefter ⅔ af området i 1976 og resten i 1979. Den 27. februar 1976 deklarerede Polisario staten Saharawi Arab Democratic Republic-SADR, der dannede en eksilregering og startede en guerillakrig mod Marokko, som fortsatte til 1991, hvor man blev enige om, at der skulle afholdes en folkeafstemning for at afgøre, om Vest- Sahara skulle tilhøre saharawierne (Polisario) eller Marokko. Afstemningen er dog i skrivende stund endnu ikke blevet afholdt, på grund af flere forskellige forhold.

Status i dag er, at Marokko har bygget sandvolde med pigtråd for at beskytte området.

Området har meget fiskeri fra Atlanterhavet og minedrift - fosfater.
Jeg har selvfølgelig selv gjort mig nogle fortsatte tanker om det hele.

Marokko består i forvejen af et kludetæppe af områder, forskellige landskaber og mennesker, så på den måde er Vest-Sahara, der som fortalt, aldrig har været en nation en naturlig forlængelse, både geografisk og befolkningsmæssigt af Marokko.

Jeg spekulerer også over, hvor stor andel Algeriet har i dannelsen af Polisario? Algeriet har med sine socialistiske venner en stor interesse i Vest Sahara, naturligvis ligesom Marokko og dets allierede.

Det er Marokko, der forhaler en folkeafstemning, og jeg forstår godt hvorfor! Det er næsten en naturlov, at når mennesker har et valg og skal stemme, stemmer de på en statsleder, der ikke er konge. Kongen betragtes som enehersker, lige meget hvor mange og gode intentioner, han har. Han bliver opfattet som en gammeldags institution. Modsat, bliver præsidenten, statslederen betragtet som frihed, også selvom han bare repræsenterer et etpartisystem. Det er absolut ikke givet at en statsleder er demokratisk eller har demokratiske ønsker. Så jeg vil sige : "Hellere en god og retfærdig konge end en tvivlsom præsident og eller statsleder!"

Man glemmer; som lige skrevet at det var ikke folket, der blev hørt, det var kun Polisario! Havde de overhovedet hele befolkningens opbakning? Hvilket mandat havde Polisario til at repræsentere Vest-Sahara. Polisario var som sagt stiftet af studenter og lokale soldater fra den spanske armé. Det er altid let at stå med en forurettet, løftet pegefinger!

Jeg synes jo nok, at sagen blev ekspederet pr. rutine af FN. Hvorfor gik FN ikke grundigere til værks og lavede et oplæg til en forhandling? Det er alt for let som storebror, at vælge den hurtige, probate løsning!

Jeg har i tidens løb snakket med indianske oprørere i Chiapas provinsen i Mexico. Jeg har snakket med den basiske oprørsbevægelse, og jeg har været på Nordcypern og set forholdene der. Alle steder mødte jeg venlige, engagerede mennesker, der brændte for deres sag.

Jeg var nær endt i baljen på grund af mit besøg på Nordcypern. For et par år efter mit besøg dér, var jeg med min daværende kone Runa på ferie på Cypern (syd). Vi deltog i en sejltur op langs kysten, forbi demarkationslinjen. Lige på den anden side af linjen lå der flere store tomme luksushoteller; jeg havde set dem før.

Det satte en ren ordstrøm i gang fra den cypriotiske skippers engelske kone. Hun berettede for os om, hvilke frygtelige forhold, der herskede på Nordcypern! Som den gamle provokatør, jeg er, sagde jeg højlydt, at det kunne jeg da ikke forstå? Jeg forklarede videre, at jeg havde været dér for to år siden, hvor jeg havde oplevet venlige mennesker i et velfungerende samfund. Der havde været rigeligt at spise og drikke. Jeg havde været på café, restaurant og i banken; alt var i top; det fungerede!

Mere fik jeg ikke sagt! Kvinden tog mig i den ene arm og manden tog mig i den anden arm; de ville smide mig over bord! Heldigvis kom nogle af turisterne mig til undsætning, mens Runa skreg højlydt! Resten af sejlturen til Aiya Napa foregik i en meget trykket atmosfære. Af skade bliver man sjældent rig; men klog! Skulle jeg komme ud i en lignende situation i min videre færden, må jeg holde min mund!

Konklusion; jeg har fået opklaret mine spørgsmål: Vest-Sahara har aldrig været en samlet nation. Befolkningen, hvad de end kaldes, har berber rødder med iblandet blod udefra. Området har ikke været beboet jævnt over det hele; men kun på specifikke steder; med den største population ude ved kysten. Kultur og sprog er begge blandinger, da området både havde Marokko, Mauretanien og Algeriet som naboer, så det er hassaniya, en afart at arabisk, der dominerer. Desuden tales der sprog fra Afrika syd for Vest-Sahara og et par forskellige berbersprog. Svoger Mohamed, der er berber, og som fisker både fra Tarfaya og Dakhla, se kortet side 11, påstår, at han kommunikerer udmærket med befolkningen, så noget berbersprog bliver der talt. Han har også berettet, at man stadig kommer langt med spansk, specielt ude ved kysten.

Jeg var for ikke så lang tid siden heldig at møde en mand, der kom fra Tarfaya, og nysgerrig som jeg var, spurgte jeg ham selvfølgelig om forholdene i Vest-Sahara. Han fortalte åbenhjertigt, at han var glad for at bo der og trivedes. Han fortalte også, at selvom Polisario stadig eksisterer og ”rasler med sablerne” ind imellem, blev der længere og længere mellem deres ”sabelraslen.”

Så, da jeg vovede at bringe min konklusion – mit syn på hele Vest-

Sahara situationen, kunne han ikke andet end bifalde min forklaring. Han vidste udmærket godt, at folk, han sagde endda alle folk i denne verden, jagtede demokrati for enhver pris uden at tænke over og forstå konsekvenserne. Han tilføjede noget, som jeg også selv ofte tænker på. Han sagde nemlig: "Det vigtigste er, at det enkelte menneske føler sig fri, og da følelsen af frihed er en personlig følelse, betyder det intet, om man lever i et kongedømme eller i et demokrati, bare rammerne for frihedsfølelsen er til stede.

Så jeg håber inderligt, at både folkene i Vest-Sahara, hele den øvrige verden og i FN bliver opmærksomme på, hvilken sympatisk og rettænkende konge der styrer Vest-Sahara – en konge der har vist og stedse viser sin gode vilje til at forene alle folkeslagene i sit rige og samtidig arbejder på, at alle skal have en høj levestandard med en høj personlig frihed.

Dagligdag i Marokko

Jeg har sagt til alt og alle, familie slægt og venner, at når jeg dør, skal jeg begraves der, hvor jeg dør. Det er min holdning, som den verdensborger, jeg håber, jeg er.

Så da jeg proklamerede dette for Soufiane, kiggede han på mig og sagde: "Jamen hvis du dør i Marokko, kan du da ikke bare uden videre blive begravet her; det kræver en tilføjelse til dit testamente!" Det kom ganske bag på mig; men jeg vidste godt, at han som jurist, vidste hvad han talte om. Så enden på det hele blev, at han lovede mig, at kontakte en advokatven, der havde kontor ovre i den anden gade, Rue de Imiki.

Det varede heller ikke længe, før Soufiane fik reserveret en tid til mit forehavende, så både Soufiane og jeg valfartede derover på klokkeslæt.

Advokaten, en mand sidst i trediverne, var selvfølgelig berber, men alligevel ret stor med et bredt grin og smalle, skrå, smilende øjne.

Soufiane var samtidig oversætter, da advokaten mærkeligt nok hverken talte engelsk eller fransk.

Jeg forklarede, at hvis jeg skulle dø i Marokko, ville jeg stedes til hvile på kirkegården ovre på den anden side af Hay Assersif dalen, så jeg kan ligge og betragte min elskede dal og mit elskede hjem.

Jeg fortalte også, at jeg har forsøgt at snakke til Jamila om det; men det går ikke, hun bliver kulret; Poul lever evigt, så jeg kommer til at stramme ballerne og holde mig i gang.

Der er forskel på advokater i Danmark og i Sverige. Men forskellen på advokaterne i disse to lande og i Marokko er endnu større. De marokkanske advokater lever i en verden for sig selv.

Alt blev sirligt med arabiske, snørklede bogstaver pr. håndkraft skrevet ind i en journal, hvor alle tidligere sager også var noteret. Herefter kvitterede Soufiane og jeg med navne, tydeliggørelse og underskrift.

Efterfølgende oprettede advokaten en fil på sin computer og begyndte møjsommeligt at indskrive dokumentet. Da dette var tilendebragt og dokumentet udskrevet, måtte Soufiane og jeg underskrive endnu engang, hvorefter jeg fik at vide, at der vil gå cirka 14 dage, inden papirerne ville være klar.

Til slut betalte jeg hvad der svarer til 700 DKK. Jeg kunne godt få lov til at dele beløbet op eller vente med at betale det. Da jeg havde ventet et beløb i den retning, trak jeg sedlerne op af lommen, og betalte ham det hele.

Det var ikke bare jura, vi nåede at få diskuteret. De så min nye hjemmeside og mine bøger og spurgte meget ind til dem. Soufiane vidste i sagens natur en del i forvejen; men for advokaten var det nyt.

Mine tidligere udsagn i denne bog om fordelingen af berbere og arabere i Marokko kom til diskussion, så jeg skulle hilse jer fra begge og sige, at fordelingstallene er forkerte, for i Marokko er langt de fleste berbere. Den arabiske befolkning fremtræder med et alt for stort antal på grund af, at hvis en person taler dahia, bliver han eller hun medregnet som araber. Udtalelsen må stå for Soufiane og advokatens egen regning.

Vi diskuterede selvfølgelig også Vest-Sahara og Polisario. Jeg må erkende, at vores anskuelser, meninger og betragtninger var rimelig ens. Men jeg skulle i den forbindelse også huske at fortælle jer, at Marokko havde været et kæmpe land engang, der var startet oppe ved Middelhavet og var gået hele vejen ned langs Atlanterhavet, inklusiv Vest-Sahara til det, der i dag hedder Senegal. Dette udsagn må også stå for de to juristers regning.

Da jeg under mødet kom med et provokerende udsagn, afviste begge straks påstanden. Jeg påstod nemlig, at Marokko om nogle ganske få år ville indføre de latinske bogstaver i stedet for de arabiske bogstaver. "Det ville aldrig ske!" påstod de begge i kor.

Jeg forklarede, hvad de allerede vidste, hvordan Atstürk havde moderniseret Tyrkiet for mange år siden, præcis som kong Mohamed VI gør det i Marokko nu. Moderniseringen havde samtidig medført et skifte mellem arabiske, snørklede bogstaver og latinske enkle bogstaver.

Jeg forklarede videre, hvordan det Marokko, jeg kom til for 11 år siden, havde udviklet sig drastisk mod et moderne land. Jeg vidste godt, at de arabiske bogstaver og Koranen er koblet sammen; men jeg påstod, at når tyrkerne kunne få det til at fungere, kunne de også. Desuden påstod jeg, at de latinske bogstaver måtte være meget lettere at håndtere i computeren; denne påstand var godt nok min egen.

Efter denne svada blev der tavst et stykke tid, hvorefter Soufiane som den første åbnede munden og sagde, at det slet ikke var usandsynligt, at det ville gå sådan. Sagføreren måtte nødtvungent give ham ret. Men mente at berbernes bogstaver var lige så gode. Det måtte jeg give ham ret i, men tilføjede at hvis man var smart, skulle man ikke forsøge noget nyt og uprøvet. En stor del af verden anvender de latinske bogstaver eller noget, der ligner, forklarede jeg videre. Som altid var diskussion sagligt og foregik på rolig vis.

Da vi gik ned ad trappen sagde Soufiane med et skævt smil: "Rachid er her ikke mere!" Jeg tænkte det værste, at han var død! Men heldigvis fortsatte Soufiane: "Han er i Düsseldorf i Tyskland i dag og har ikke været i Marokko i tre dage. I morgen fortsætter han til Dortmund, hvor han har fået en tre måneders arbejds-og opholdskontrakt, så vi får at se, hvor godt han gør det dér. Måske bliver han i Tyskland."

Jeg vidste godt, at han havde kontakter til Tyskland; men alligevel, at han var draget af sted så hurtigt, kom bag på mig.

"Vi vil komme til at savne ham." sluttede Soufiane af. Jeg kan kun give ham ret i dette udsagn.

På vejen hjem var jeg forbi Abdullah, som havde syet betræk til de tre sofaer og pudebetræk til otte puder. Betrækket til sofaer og puder var af samme slags stof, så vi for en gang skyld kunne få ens puder og ens betræk. Hele molevitten til de tre sofaer og otte puder fik jeg for det, der svarer til 756 DKK. Jeg blev tilmed tilbudt at spise med, men jeg afslog, da jeg var på vej hjem til Jamila.

På billedet på næste side, ser I kun halvdelen af sofa arrangementet, jeg måtte ikke fotografere til den anden side, da Jamila rodede.

For et par dage siden blev vi helt opstemte om aftenen. Temperaturen faldt en kende, og der kom skyer på himlen. Jeg satte mig udenfor og nød den lidt svalere luft og minsandten, om jeg ikke også fik 3 dråber regn på mig. Vi var begge enige om, at nu blev det koldere og måske regnvejr - dejligt – skønt! Men ak, midt på natten kom varmen tilbage og spolerede søvnen. Den næste dag var bare lidt koldere end dagene før; men stadigvæk over 30 grader.

Igen i går aftes samlede skyerne sig på himlen; nu skete det! Men natten blev igen glohed med søvnbesvær. De hede nætter er ikke gode for min gigt. Selvom jeg ikke har meget gigt, sker der alligevel det, at jeg kaster tæppet af mig, og den svage brise, der passerer min hud, får gigten frem i de underliggende muskler.

Vores nye genboer har sovet udenfor på et tæppe i nat; men ser ud til at have klaret det ganske godt, både far, mor og deres lille datter. Jeg kom til at tænke tilbage på dengang, jeg besejlede troperne med et jernskib, hvor airconditionanlægget var brudt sammen. Dengang sov jeg på dækket om natten, så måske jeg i den kommende nat skulle fortrække op på tagetagen?!

Det var ikke bare lige sådan at sove på tagetagen; jeg ville som gammel mand ikke bare sove på et tæppe på de hårde klinker, men skulle have en briks, og vi havde lige givet alle vores overskydende brikse til Habiba, så tiden gik, og vi nåede til den 19/10, hvor det var varmt, selvom natten ikke blev glohed.

Jeg hørte midt om natten, at det puslede og tænkte på, at det var naboen, der ikke kunne sove. Det hænder en gang imellem, at han er aktiv det meste af natten.

Da jeg spurgte Jamila om morgenen, om hun havde hørt den skøre nabo farte rundt hele natten, svarede hun, at det for en gang skyld ikke var ham. "Det havde regnet," fortsatte hun.

Jeg kunne ikke tro mine egne øjne og for op på terrassen, hvor jeg konstaterede, at den var god nok. Der var endda kommet en del.

Selvom temperaturen var forvandlet fra 30 grader til 24 grader, var himlen alligevel dejlig blå i dag, så morgenmotionsturen ned gennem Aourir var en fryd i det behagelige klima.

Jeg må konstatere, at regnen kom præcis til tiden, og at temperaturen er ganske normal, hvilket er værd at tænke over i disse klima afvigende tider.

Der var rigeligt med vandpytter, der skulle findes en vej udenom. Når det ikke har regnet så længe, er det som om, jorden ikke er forberedt på regnen.

Endnu en kæmpe stor vandpyt.

Motionsturen endte som de fleste gange på café Inou (det betyder min café på tamazight), hvor jeg fik min sædvanlige te med nana (mynte).

Vel hjemme igen har jeg lige vasket og hængt vasketøjet op på den øverste tagterrasse. Det er den gamle historie om, at jeg er den bedste til at få sæbe resterne ud af tøjet på vores simple vaskemaskine. Det er let nok, bare rigeligt med skyllevand. Men det kan være svært, når man som Jamila, fra barnsben har fået at vide, at vandet er kostbart, så der skal spares på det.

Som altid, når jeg har hængt vasketøjet op, satte jeg mig på stolen og betragtede de gule og orange bjergskråninger samt landsbyens huse.

I dalen på vores side så jeg en gedehyrde med en sæk på nakken. Gad vide, hvad han samlede op på denne årstid? Det var i hvert fald ikke mandler, som der senere bliver en del af; måske det var oliven, han fyldte i sin sæk.

Jeg fik faktisk opklaret mit mysterium den efterfølgende dag, da gedehyrden stod på den lille plads i Aourir med to åbne plastsække fyldt med oliven, som han forsøgte at sælge.

I dag den 22/10-2023 er en særlig dag at vågne op til, med tunge sorte skyer hængende lavt over bjergene og en temperatur på bare 18 grader - og regn. Jeg ved at alle er glade og håber på, at regnen vil fortsætte, for det betyder gode naturlige afgrøder af mangt og meget. Det vi specielt fokuserer på er oliven og argan. Arganolien er en berømt marrokansk olie. Det siges at den kun findes i Marokko, men jeg har ladet mig fortælle, at der også skulle være lidt i Mexico. Arganolien har på det sidste nået astronomiske højder hvad prisen angår, og mange forretninger, som normalt sælger den, har den ikke længere.

I tider med normale priser bruges den i eksklusiv madlavning - går ind gennem kroppen og giver huden en særlig glans. Men det er i den kosmetiske industri, den anvendes mest, dels iblandet kosmetiske produkter og dels direkte som en olie, der enten smøres eller sprayes på huden. Arganolien regnes normalt for at være en god indtægtskilde for Marokko.

Det blev til så meget regn i dag, at vi efter nogle få dages ventetid vil få vores dal at se i sin grønne iklædning. Det er mærkeligt at tænke på, at alle de grønne vækster, der vil komme til syne på magisk vis, ligger gemt i bjergenes orangebrune hårde jord.

A propos den hårde jord, begriber jeg ikke, at vores bjerge er væk for længst, for i dag den 23/10, hvor jeg simpelthen måtte ud fra indelukket, lykkedes det mig at slippe af sted mellem to regnskyl og passere alt det materiale oppe fra bjergene - sand, grus og små klippestykker, som regnen havde frataget dem. Det er store mængder, der skyller ned, og summen af disse mængder må gennem tiden blive meget stor.

Jeg nåede lige caféen, før regnen brød løs igen. Så nu sidder jeg udenfor under halvtaget og betragter regnen og drivvåde mennesker mens mine trætte røde, øjne svider og min venstre fod føles som om den var brændt af ikke bare én "dansk" brandmand; men adskillige "danske" brandmænd.

Det kræver en forklaring. Som altid, når vejret skifter og temperaturen falder, må vi igen i gang med de store tæpper om natten. Normalt bliver tæpperne hængt ud i solen, så den kan brænde alt utøjet ud af dem. På grund af regnen kunne dette ikke lade sig gøre denne gang, så vi brugte tæpperne, som de var.

Pludselig mellem klokken fire og fem i morges vågnede jeg brat op; jeg blev stukket på oversiden af min venstre fod, præcist som forklaret tidligere. Jeg skyndte mig ud for at vaske foden, desinficere den og smøre den med olie. Men skaden var sket, det stak og prikkede allerede fælt i den, så selvom jeg efterfølgende prøvede at sove, blev det ikke til meget søvn. Jamila var også vågnet og sov heller ikke meget på grund af mig, så allerede klokken lidt over seks stod vi op og begyndte på dagens aktiviteter.

Jeg var heldig, jeg fandt den gamle roll on stift mod insektbid fra Sverige øverst oppe i et skab, den lindrede heldigvis prikkeriet en del.

Som tidligre skrevet, har jeg oplevet det flere gange før, og Jamila har også prøvet det. Vi bliver stukket af et eller andet hen på morgenstunden, normalt på fødderne eller på underbenene, hvorefter det svider og prikker hele dagen. Hvad det er, der stikker os, aner jeg ikke, der er ingenting at se i tæppet efter et bid. Jamila påstår, at det er små edderkopper - rovedderkopper, som er årsagen, hun har endda vist mig, hvordan de ser ud. Hvor hun har det fra, ved jeg ikke; men jeg må vel antage, at det ikke er helt usandsynligt.

Jeg må tilstå, at jeg blev mere medtaget af biddet i går, end jeg havde regnet med. Den svenske balsam hjalp kun en stund. Jeg havde svært ved at holde mig i ro, selvom jeg var uhyggelig træt. Jeg prøvede flere gange at lægge mig på sofaen; men det blev kun til et kort stykke tid hver gang; så stak "kanylen" ind i foden igen, så jeg for op med et spjæt! Lægmusklen på samme ben begyndte at småkrampe, hvilket ikke gjorde situationen bedre.

På et tidspunkt svimlende det for mig, så jeg måtte prøve at holde mig i ro trods uroen.

Senere lykkedes det mig at konsultere internettet. Når jeg ser på de edderkopper, Jamila mener er årsagen til vores bid og sammenligner dem med taranteller, er ligheden stor, så uden at være skråsikker regner jeg med, at det er taranteller, som har invaderet vores område og vores hus. De skulle i øvrigt være ufarlige for et normalt, rask menneske, selvom deres stik og følgevirkningerne langt fra føles behagelige. Hvis jeg havde været god til at danse, havde jeg danset tarantella, for at få bugt med uroen.

Jeg læste videre, at man skal desinficere stikket; det havde jeg gjort i nat med Betadin, som er et udmærket marrokansk desinfektionsmiddel, så min intuition havde ikke været helt forkert.

Nu spekulerer jeg på, hvordan natten skal gå? Jeg har nogle smertestillende tabletter, jeg helst ikke tager; men for én gangs skyld vover jeg at tage en af dem i håb om, at den dæmper stikkende i foden, og får lægmusklen til at slappe af. Men hverken Jamila eller jeg har lyst til at gå i vores senge i nat. Det bliver sofaerne eller et af gæsteværelserne.

Jamila har mange forskellige ting i soveværelset; klædeskabene er fyldt med tøj; der er bunker af gammelt tøj, som jeg længe har sagt, vi skal smide ud. Men man ved jo aldrig?" Måske bror Hassan, søster Habiba eller svoger Mohamed én dag kan bruge noget af det!" siger Jamila, så vi skal vente med at smide det ud.

Jeg er virkelig bange for, at det bliver til reder med utøj, så jeg tilbød efter mit stik at smide det hele ud. Men det fik jeg ikke lov til, det er Jamila selv, der skal muge ud. Hun kredser som katten om den varme grød; men er ikke gået i gang endnu. Det tager tid at beslutte sig - ting tager tid!

Jeg lagde mig som en begyndelse på sofaen på den mellemste etage, mens Jamila lagde sig på hendes yndlings sofa på øverste etage.

For en gang skyld sov jeg uden problemer, da jeg vågnede op lidt radbrækket efter et par timer, gik jeg ned i et gæsteværelse og sov videre; det stak ikke i foden længere, nu små prikkede det bare, det var til at holde ud, så nu kunne jeg sove videre og vågnede om morgenen, udsovet klokken 9. Hvilken lettelse!

Det har også regnet i nat, og der er skyer på himlen, så det er spændende, hvad det bliver til. Der er meget mudder på gader og pladser; fiskehandleren har lagt fiskekasser (plast kasser) ud med bunden i vejret, så man kan træde på dem for at nå hen til disken, så det gælder om at holde balancen!

Det er utroligt så glade alle er for regnen. Når jeg siger: "Det har regnet en del," smiler de, nikker og siger: "AlhamduLillah!" Oversat betyder det: "Gud være lovet!"

Jeg har i øvrigt lige mødt Vali, min ven fra Schweiz, der bor på den anden side af dalen. Da jeg spurgte ham om, hvordan det gik med arbejdet i Dubai, svarede han, at det ikke var i Dubai, han havde været; men i Kuwait for at vedligeholde og reparere gasturbiner; han ligner også grangiveligt en af de schweiziske turbine montører, jeg har kendt så mange af fra min fortid på kraftværket. Han strålede som en sol, kassen var fuld, det var mange penge, han havde fået skovlet sammen i den tid, han havde arbejdet i Kuwait. Om 5 dage kaldte Schweiz igen. Denne gang var det ikke som reparatør på en småkagefabrik; det var på en chokoladefabrik.

For et par dage siden kom Jamila hjem og fortalte, at hun havde set en mand, der var faldet ned fra et bygningstillads; hun mente, at han var død. Det var ikke noget, hun var dybt berørt over. Der er så mange, der kommer til skade i byggeriet og i industrien på grund af en helt anden sikkerhed end den, vi er vant til; det er sørgeligt; men igen ting tager tid! Det er en hel livsholdning, der skal ændres. Man kan efterhånden købe mange sikkerhedsgenstande i de velassorterede forretninger; men det er få, der køber dem.

Da vi derefter skulle lave vores køkkenafløb om på øverste etage, og der skulle hugges og hakkes i gulvet, og entreprenøren Jamila insisterede på at udføre arbejdet og gik i gang, protesterede jeg og sagde, at hun skulle bruge sikkerhedsbriller og måske en maske. Det skulle nok gå, hun havde hugget med mejslen så mange gange før, uden at der skete noget. Hvad skete der? Hun fik lidt at materialet i øjet - ikke meget - men nok til at hun forstod alvoren i det, jeg havde sagt, så vi udskød arbejdet et døgns tid, så jeg kunne gå ned i Hassans isenkræmmerforretning og købe beskyttelsesbriller, maske og høreværn. Så i dag har vi ved fælles hjælp fået hugget renden. Jeg måtte træde til med vinkelsliberen for at komme igennem kakler og betonlaget. Nu skal jeg bare have lavet lidt forskalling, så Jamila kan støbe omkring røret, så vi får det gemt i et lidt bredere dørtrin, end det eksisterende.

I dag den 5. november var det overskyet i morges og halvkoldt, under 18 grader C, nu her klokken 12 er temperaturen bare 22 grader, selvom det er klaret op. Jamila siger, at det er svensk vejr; det giver jeg hende ikke helt ret i. Jeg har lige snakket med min gamle kammerat Mogens hjemme i Danmark, der forklarede, at vejret var snasket, og at der bare var 9 grader, så der er en forskel.

Jeg ser flere og flere caravans på pladser, på vejen og på gaden. Det er tid for dem nu; de invaderer Marokko hvert år, hvor de slår sig ned. Nogle holder ude i naturen ved stranden og nogle i bjergene, og de bliver sjældent afvist, bare de opfører sig ordentligt og ikke sviner.

Vi har i Hay Assersif en 'tysk' campingplads et par kilometer fra, hvor vi bor. Der er også mange, der holder til her. Det er det ideelle sted for den slags turister, hvor de kan leve i ly af bjergene. Vi ser dem fra vores terrasse passere forbi på vores lille 'hovedvej' mod Paradise Valley. De fleste er pensionister, mange fra Frankrig, en del fra Tyskland og Sverige. Mærkeligt nok er der næsten aldrig danske caravans blandt de forbipasserende.

Backpack-folkene har også gjort deres indtog. Selvom de meget ligner de "katastrofe turister," der kom efter jordskælvet, er der alligevel forskel. De lejer sig ind på små hoteller, privat eller bor i telt på campingpladserne. Privat lejemål er ganske nemt. Det er bare at sætte sig på en café, begynde at snakke lidt og finde en person, der taler fransk eller måske engelsk, hvis det ikke går med det franske. Som tidligere skrevet er det de unge mennesker, der taler engelsk, så det gælder bare om at finde et ungt intelligent menneske og spørge om privat logi. Der er også en del, der står og vifter med deres nøgler langs vejene; det betyder, at de har værelser til leje.

Der er til stadighed turister på de store all inclusive hoteller langs Aourir stranden - kaldet Banana Beach og længere fremme i Tamraght, Targszout og længere oppe ad kysten og selvfølgelig langs den store strand i Agadir.

Jeg kan se, at de store hoteller har tæret på de små pensionater i Tamragh. Hvor der førhen næsten altid var booket fuldt op, er der flere ledige rum til leje nu.

Men heldigvis har vi så surfer folket, som invaderer Aourir - Tamraght og Tagsazout, kaldet Surfers Paradise, i vintermånederne. I Surfers Paradise ruller de store bølger mod kysten fra det kæmpe store Atlanterhav. Disse mennesker er ikke interesseret i en luksus ferie på et af de eksklusive hoteller; de har kun én lidenskab - surfing, så de holder heldigvis de små pensionater og de små surfer hoteller i gang. Surfer hotellerne er egentlig også pensionater, der har gjort surfing til deres specielle - opbevaring af surfing brædder og transport hver dag til og fra stranden - en behagelig indlogering og normalt 2 måltider mad om dagen. Drikkevarerne ligger normalt i et køleskab, hvorfra de kan tages mod betaling.

Jeg har netop været oppe i en forretning med kontorartikler og deslige, hvor de også laver print. Jeg kom til at snakke lidt med damen i forretningen, som fortalte mig, at hun egentlig havde jobbet af nød; hun havde et højt diplom fra universitetet i Agadir. Hun mente, at det var fordi hun var kvinde, at det var sværere at få et kvalificeret, relevant arbejde.

Jeg har tidligere fortalt lidt om mit syn på kvindens stilling i Marokko, og jeg håber på, at I kan huske, hvad jeg fortalte, derfor tror jeg, at det er både rigtigt og forkert, hvad hun siger.

Jeg ser i dagligdagen mange kvinder i sving også i "høje" jobs, så kvinderne er i hvert fald ikke udelukket fra disse jobs; men det er sikkert rigtigt, at det er sværere at opnå et job som kvinde i Marokko, som så mange andre steder i verden.

Generelt bliver der i Marokko uddannet mange flere akademikere, end der er brug for her og nu; men det er vel ikke dårligt; det viser for det første, at muligheden for at opnå en høj uddannelse er til stede, og for det andet højner det summen af landets viden.

Håbet er så, at det lykkes at få så meget gang i hjulene, at der bliver plads til alle disse uddannede mennesker. Jeg har personligt troen på, at det nok skal lykkes, når jeg kigger tilbage på de elleve år, jeg har huseret her. Der er en verden til forskel fra dengang, jeg ankom første gang i 2012 og til i dag i 2023!

Langt de fleste kvinder her ude i provinsen, hvor jeg holder til, bærer det tørklæde, som mange i vores nordiske lande forbinder med undertrykkelse. Jeg har tidligere fortalt, at det i virkeligheden er meget mere kompliceret end som så. Når jeg tænker på min kone Jamila, har jeg en forklaring mere.

Jamila drog med mig til Sverige, fik opholdstilladelse og skulle være svensker. Hun tog tørklædet af og klædte sig i øvrigt, som en svensk kvinde; men hun led - dengang vidste jeg ikke hvor meget, jeg forstod slet ikke situationen, som jeg forstår den i dag, hvor jeg står med et ben i begge lejre.

Jamila havde sin kultur med sig i rygsækken - nogle vil sige: "Og sin religion!" Ja både og, Jamila er ikke særligt religiøs; men da religion og kultur hænger sammen, kan jeg ikke afvise påstanden helt; men ihvertfald spillede kulturen en utrolig rolle for hende, hun havde været vant til fra barnsben, at have tørklædet på, hun havde været vant til at kunne gemme sig bag det, og tage det op for munden af praktiske grunde i støvstormene, når hun vogtede familiens geder og får i bjergene, og når hun følte sig usikker.

Så Jamila mistrivedes i Sverige - hun led, og jeg led! Jeg foreslog hende derfor flere gange, at vi skulle tage tilbage til Marokko; hun afviste det, hun havde sin stolthed; hendes familie havde fortalt hende, at Sverige var paradiset.

Jeg var i Marokko alene og besøgte familien, Jamila ville ikke med. Efterfølgende, da jeg fik øjnene helt op for hendes situation og erkendte den, tvang jeg hende nærmest med til Marokko. Jeg havde en plan i mit hoved. Hun skulle ikke være svensker, det ville på sigt ødelægge hende mere, end det allerede havde ødelagt hende, mit hjerte græd! Jeg havde lidt "penge på bogen" (sømands sprog), så jeg gik igang med af finde en passende bolig til os - det blev efter et stykke tid til huset, hvor vi bor nu i bjerglandsbyen Hay Assersif. Jeg var ganske klar over, at min kommende tilværelse ville blive flakkende, da jeg også behøvede at være meget tid i Danmark og i Sverige. Men jeg så ingen anden mulighed på problemets løsning.

Heldigvis kan jeg i dag konstatere, at min løsning har båret frugt, selvom det har taget sin tid for Jamila at finde sig selv. Hun er blevet forvandlet til den glade Jamila. Hun er klar over, at det var forkert af hende at fornægte sin kultur; hun erkender, at det er i Marokkos bjerge, hun hører hjemme, og hun bruger sit tørklæde flittigt, uden at hun tænker over det. Hun spiser, og hun smiler, og jeg glæder mig over det.

Det er meget nemmere for mig at tilpasse mig alle de forskellige forhold og kulturer, jeg lever med, end det var for hende med "forsøget i Sverige." Glem ikke, at jeg har stjernestøv i blodet!

Stjernestøv i blodet

Vi er så mange på denne jord,
hvor vi bor.

Både de brune, hvide, røde, gule og blå
og dem med øjnene på skrå.

I multiverset findes mange fler,'
som os så ofte ser!

Jeg håber, I tager del i multiversets gåde
på jeres positive og dejlige måde.

Vi er en del af en uendelighed,
så ufattelig, som ingen ved.

Vi er på en gang store og små,
afhængigt af hvilken vej vi vil gå.

Hvis vi står sammen,
kan vi sprænge rammen!

For det er en realitet,
lige meget hvad der er sket,

at vi er de samme i hver en krog
uanset forskelligt sprog.

Det skulle gerne blive en herlig sag
i venskabeligt lag.

Tolerance man det kalder.
Uanset din alder.

Stjernestøv i blodet kan vise dig
den rette vej!

Selvom for dem med meget stjernestøv i blodet,
kan livet ofte blive lidt rodet!

Men langtfra trist;
det er sikkert og vist!

Så når jeg i Marokko springer rundt,
føles livet så sundt!